彼方之道

中国文学翻译策略的关联探索

席东 / 著

陕西新华出版
陕西人民出版社

图书在版编目(CIP)数据

彼方之道：中国文学翻译策略的关联探索／席东著.
—西安：陕西人民出版社，2022.2(2023.6重印)
ISBN 978-7-224-14348-5

Ⅰ.①彼… Ⅱ.①席… Ⅲ.①中国文学—文学翻译—研究 Ⅳ.①I046②I206

中国版本图书馆 CIP 数据核字(2022)第 038100 号

责任编辑：姜一慧
整体设计：赵文君

彼方之道：中国文学翻译策略的关联探索

作　　者	席　东
出版发行	陕西新华出版传媒集团　陕西人民出版社 （西安北大街 147 号　邮编：710003）
印　　刷	广东虎彩云印刷有限公司
开　　本	889 毫米×1194 毫米　1/32
印　　张	8
插　　页	2
字　　数	160 千字
版　　次	2022 年 2 月第 1 版
印　　次	2023 年 6 月第 2 次印刷
书　　号	ISBN 978-7-224-14348-5
定　　价	46.00 元

国家社会科学基金西部项目"延安文学在英语国家的译介及传播研究"(项目编号：18XZW021)阶段性成果

目录

第一章 绪论 / 1
　一、研究背景与意义 / 1
　二、研究思路与方法 / 5
　三、重点和难点 / 6
　四、章节内容梗概 / 7

第二章 交际学与翻译 / 11
　第一节 传统交际学与翻译 / 11
　　一、翻译作为一种交际活动 / 11
　　二、代码模式下的翻译研究 / 13
　　三、推理模式下的翻译研究 / 18
　第二节 关联理论与翻译 / 23
　　一、关联理论：人类交际学的新理论 / 23
　　　1. 交际的明示—推理本质 / 26
　　　2. 信息意图和交际意图 / 27

3. 语境与语境效果　/ 28

4. 关联性与最佳关联性　/ 33

二、关联翻译理论：从文本到思维推理　/ 35

1. 推理与关联　/ 37

2. 语境与关联　/ 39

3. 最佳关联与"付出—回报"原则　/ 40

4. 描写性翻译与释义性翻译　/ 43

第三章　关联翻译理论的误读及澄清　/ 47

第一节　关联翻译理论研究综述　/ 47

一、研究历史及现状　/ 47

二、关联翻译理论的误读　/ 52

第二节　澄清误读——直接翻译和间接翻译　/ 57

一、从直接/间接引语到直接/间接翻译　/ 57

1. 直接翻译与直接引语　/ 57

2. 间接翻译和间接引语　/ 58

二、直接翻译——关联翻译理论的一个重要概念　/ 60

1. 意义的不确定性和开放性　/ 61

2. 风格——思想表达的典型方式　/ 70

3. 原作者意图的传递　/ 77

4. 交际线索的保留　/ 83

第四章　关联策略在翻译中的应用　/ 88

第一节　翻译策略的选择　/ 88

一、翻译的过程：寻找最佳关联性 / 88

二、翻译的前提：掌握动态的语境 / 90

第二节 直接翻译在翻译中的应用 / 93

一、直接翻译与最佳关联性 / 93

二、直接翻译与文化他者 / 99

第三节 间接翻译在翻译中的应用 / 106

一、间接翻译与最佳关联性 / 106

二、间接翻译与可译性 / 115

第五章 直接翻译与间接翻译在延安文学作品翻译中的统一 / 125

第一节 延安文学作家作品翻译概述 / 125

一、延安文学概念界定 / 125

二、延安文学翻译的历史及现状 / 127

第二节 直接翻译与延安文学译本"信度" / 133

第三节 间接翻译与延安文学译本"变异" / 156

第六章 关联视角下从延安文学在美国看中国现当代文学走出去 / 174

第一节 延安文学与中国现当代文学 / 175

一、文学作为媒介 / 175

二、延安文学与中国现当代文学的一脉相承 / 178

第二节 延安文学在美国的生存镜像 / 181

一、文学传播中的文化偏见 / 181

3

二、美国学派"纯文学"霸权观 / 184

三、美国的读者反应：文学与政治的对话 / 186

第三节 中国现当代文学走出去的关联探索 / 190

一、关联与文本类型 / 190

二、关联与译者主体性 / 194

三、关联的局限性与"文学走出去"的未来展望 / 200

附录：基于关联翻译理论的译文《故事外的故事》

——摘自贾平凹自传体小说《我是农民》 / 206

参考文献 / 242

第一章 绪论

一、研究背景与意义

在人类文明的发展中,翻译在增进民族之间相互理解和促进不同语言的文化交流方面发挥着积极作用。翻译实践已经存在了数千年,人们从不同角度对翻译进行研究。翻译是跨语际交际行为,交际学是研究翻译的重要方法之一。英国著名翻译家和翻译理论家彼得·纽马克提出,"翻译基本上是一种交流手段"(Peter Newmark,1981)。随着交际学观念的变化,翻译的观念也随之得以发展。关联理论是由 Sperber 和 Wilson 提出的从认知角度研究交际的新的方法论,它在为交际学提供新方法的同时,也为翻译研究提供了一种新的思路。1991 年厄恩斯特·奥古斯特·古特(Ernst-August Gutt)出版了《翻译与关联:认知与语境》一书,古特以关联理论为基础建立起来的关联翻译理论给翻译研究带来了全新的视角,古特认为,Sperber 和 Wilson 的关联理论足够解释翻译现象(Gutt,1991)。《翻译与关联:认知与语境》一书至今在翻译研究界仍然有很大的影响力。

　　作为翻译研究的一种新兴方法，古特的理论对翻译领域产生了深远的影响，学界对这一理论反响热烈，但是由于对古特理论缺少系统的研究，有些批评家对古特的理论存在着误读。这些误读中最具代表性的观点是将古特的关联翻译理论等同为提倡意译的理论，并错误地认为关联翻译理论提倡将所有源文本中隐含的内容"显性化"，以实现源文本与目标文本的高度关联性。

　　为了澄清上述误解，本书对古特提出的翻译策略进行了深入细致的研究。本书认为，古特的关联翻译理论并非简单的"显性化翻译"。古特在关联翻译理论中提出了两种翻译策略，即直接翻译和间接翻译这一对核心概念。本书重点讨论了直接翻译与间接翻译这组概念，从关联理论的视角分析了翻译的全过程，通过对文学作品翻译的案例解析，澄清人们对关联翻译理论的一些误读，从而证明该理论对作为跨语际、跨文化交流的翻译活动有着完备充分的解释力。本书在翻译理论阐述之余，研究了延安文学作家作品的真实翻译案例，进一步讨论直接翻译及间接翻译的应用，说明这两者和谐统一于关联翻译理论的框架之内，并指出关联翻译理论和中国文学翻译有着很好的兼容性，是中国文学翻译不可或缺的理论指导。

　　本书指出，中国不仅仅是一个迅速崛起的经济力量，也是一个与世界文化紧密联系的多元的文化实体，然而很多海外学者以及大众读者对中国现当代文学的认识仍有着相当的局限性，中国经济力量与其在全球的文化影响力表现出明显的不匹配。中国文学是世界文学的组成部分，通过翻译使中国文学"走出去"一直是国家努力的目标，21世纪以来，中国文学的翻译出版与海外研究发展非常迅速，其翻译质量、研究水平也在不断提高。然而提升中国文学翻译海外传播的深度和广度，通过翻译来推广民族的文化是任重而道远的，中国文学包括延安文学海外传播与接受的现状远未达预期，具体表现在以下几个方面：

首先，相对于国家出版机构付出的巨大努力，中国文学翻译作品的影响和传播相对滞后。20世纪80年代的"熊猫丛书"是一套英语版中国经典著作、传说、史集；90年代开始的"大中华文库"选取了我国从先秦至近代的文化、历史、哲学、经济、军事、科技等各方面的经典著作进行外译；21世纪更有"中国图书对外推广计划"（2004）、"中国当代文学百部精品对外译介工程"（2006）、"中国文化著作翻译出版工程"（2009）、"中国社会科学基金中华学术外译项目"（2010）等翻译了不少中国的文学作品。然而英美国家的书店和图书馆中，上架的中国文学的翻译作品屈指可数。葛浩文（2000）曾写道："要在书店里找到我翻译的白先勇（Hsien-yung Pai）的《孽子》（Crystal Boys），你需要在H字母最后找到Hsien-yung，类似于在Henry下查找Henry Roth的小说。"华裔学者张旭东说："美国文学只关注自己，他们的文学中，所有翻译文学只占1%，少得不可思议。"

其次，在世界文学学术界以及全球图书市场上，中国文学翻译作品的读者极少，中国文学的成功仍十分有限，而西方文学在中国的学术界以及图书市场上却相对较为强大，目前翻译活动更多地集中在翻译成中文的外国文学，而非中文翻译成其他西方语言。莫言可以说是被介绍到国外的译本最多、影响最广的中国当代作家，特别是 2012 年莫言获得诺贝尔文学奖，说明中国当代文学已经产生了重要的世界影响力。而莫言的《红高粱》和《天堂蒜薹之歌》分别于 1997 年、2001 年译成瑞典语出版，起印数仅为 1000 册，但就是这 1000 册，直到莫言获得诺贝尔文学奖之前也没售完，是获奖契机让这些滞销的作品得以售罄。

最后，国外学者对中国文学对外译介的评价不是很高。如加拿大汉学家杜迈克认为严肃的中国文学要想获得国际承认，面临着很多巨大的障碍（章太炎，1985）、英国汉学家蓝诗玲认为"中国文学在西方被忽视了"（叔本华，1982）、英国汉学家詹纳指出"熊猫丛书"的某些译文让西方汉学家感到"荒唐可笑"（王国维，2007）等。翻译作为文学传播的媒介绝不意味着文本间的简单转换，以延安文学为例，延安文学这类反映了中国革命时代社会文化风貌的作品，在海外并未得到应有的认可，其中译本的质量也是重要的影响因子。

本书提出，各国经济文化的发展是不平衡的，在文学传播的社会活动中，世界文学话语权有强弱之分，即关系之不平等。基于此，在关联视角下，本书特别探索了如何从延安文学在美国的生存镜像看走向世界的中国现当代文学。美国是海外中国现当代文学研究的重镇，延安文学与中国现当代文学一脉相承，中国现当代文学源自五四前后，然而，中国现当代文学某些传统是经由延安这一特定时期的文学在1949年后通过其强有力的体制化渗透、改写和重塑而成的。在目前国际形势风云激变的大环境下，考察在新的历史场域中延安文学作品翻译的策略选择对"中国文学走出去"有着举足轻重的借鉴意义。延安文学是世界文学中具有独特本土经验的文学典范，应当在尊重延安文学产生和发展的独特历史背景和社会环境的基础上，批判地审视、全面地考量延安文学翻译作品中的本土经验，探究其历史和文化根源，为中国现当代文学与世界的对话提供丰富的理论与实践依据，增强中华民族的文化自信。

二、研究思路与方法

在当代文化全球化的大背景下，文学可以被理解为一个社会传播系统，这个广泛的概念允许对文学领域正在进行的行为进行更为实证性的描述，在这种文学媒介中，传播过程包括写作、选择作品、翻译、出版、推广和发行等。因此也可以将文学理解为一套可以被学习和培养的社会活动。

本书紧扣"中国文学翻译策略研究"这个中心，将文学翻译置入文学的社会传播系统中，从交际学与翻译的历史渊源入手，澄清了学界对关联翻译理论的误读，重点阐释了直接翻译与间接翻译在延安文学作品翻译中的统一，并在关联视角下，审视了延安文学译本在美国的生存镜像,并指出,延安文学与中国现当代文学一脉相承,考察延安文学作品翻译的策略选择对于中国文学走出去有着举足轻重的借鉴意义。本书以"翻译研究"为主线,在文化、历史背景中立体勾画了关联翻译理论在文学这个社会传播系统中的重要作用。

在研究方法上,以理论研究为主,辅以实证性的史料考证,以"文化探源式"研究方法对关联翻译理论的学术发展史进行系统深入的挖掘,综合运用调查法、文献研究法、跨学科研究法、典型案例分析法等诸多方法,同时借用史学、社会学、语言学等相关学科的理论,对延安文学在美国的生存镜像展开全面、系统、深入的多维度探究,收集梳理延安文学作品翻译的研究资料,为国内批评界提供文献及理论支撑,拓展研究思路,为中国现当代文学与世界的对话提供丰富的理论支撑与实践资源。

三、重点和难点

"中国文学翻译策略的关联探索"的研究重点和难点主要集中在以下两个方面:

第一,澄清对关联翻译理论的误读:作为翻译研究的一种新兴方法,古特的关联翻译理论对翻译领域产生了深远的影响,然而有些批评家对古特的理论存在着误读,即认为古特的关联翻译理论提倡将所有源文本中隐含的内容"显性化",以实现源文本与目标文本的高度关联性。如何澄清上述误解是本书的一个重点也是难点。本书首先讨论了直接翻译与间接翻译这组概念,并指出古特的关联翻译理论并非简单的"显性化翻译"。再通过对文学作品翻译的案例解析,从意义的不确定性和开放性、风格—思想表达的典型方式、原作者意图的传递以及交际线索的保留等四个方面,澄清了人们对关联翻译理论的一些误读,从而证明该理论对作为跨语际、跨文化交流的翻译活动有着完备充分的解释力。

第二,"跨东西方异质文化"的视野下延安文学译本在美国的"变异"研究:延安文学在美国的"变异"研究涉及相关著作英译的问题,翻译过程中译者的"创造性叛逆"不仅涉及译文的忠实度及译入语读者对译文的解读和评价,还往往携带重要的文化意义。因此,如何立足于"跨东西方异质文化"的研究视野,正确评估这些"文化意义",并深度挖掘延安文学作品翻译的"他国化"现象背后延安文学本身文化规则和文化话语的"变异"缘由,才能洞悉美国的延安文学研究在西方理论及意识形态影响下所展现出的异于中国的独特的学术思想,并在异质文论对话研究中为延安文学融入世界文学提供借鉴。

四、章节内容梗概

本书共分六章。

第一章绪论部分对研究的背景与意义、思路与方法、重点和难点进行概述,指出了研究的原因和动机,并阐明了本书的写作目的。

第二章交际学与翻译，从传统交际学的角度对翻译研究的流变进行了梳理。首先，本章建立了翻译的一般概念及其与语际交流/交际学之间的关系，分别阐述了香农和韦弗（Shannon and Weaver, 1949）代码模型和 Grice 会话原则推理模式对翻译的影响，然后指出了翻译研究随着交际学理论的变化而得到发展和完善的过程。随后，本章引入了关联视角下的翻译研究，从交际学的新理论关联理论这一角度研究翻译。在简要地介绍关联理论的一些基本概念之后，本章着重对古特关联翻译理论中的重点概念进行解读，为本书后续的理论阐释和例证解析打下坚实的基石。

第三章关联翻译理论的误读及澄清，介绍了关联翻译理论在国内外的研究情况，尤其指出了国内学界对古特理论的误解。首先，笔者认为，古特的关联翻译理论并不是"将译文隐含意义显性化翻译"的代名词，国内学界的误解是由于对古特理论缺乏透彻和系统的研究，没有对直接翻译和间接翻译这组关键概念进行明辨解析；其次，笔者区分了直接翻译和间接翻译两种翻译策略在不同情况下的应用，特别通过考察直接翻译的案例，从意义的不确定性和开放性、风格——思想表达的典型方式、原作者意图的传递以及交际线索的保留等四个角度澄清了学界所谓"显性化翻译"的误读。

第四章关联策略在翻译中的应用，在理论阐述的基础上，提供了古特的翻译理论在文学翻译实践中的应用。本章从关联性的角度对整个翻译过程进行分析并得出结论：翻译是寻找最佳关联性的过程，直接翻译和间接翻译可以合理共存于关联翻译理论框架内，在选择合适的翻译策略时，译者应同时考虑最佳关联性和文本的语境效果。

第五章直接翻译与间接翻译在延安文学作品翻译中的统一，以延安文学作品翻译为个案研究，旨在声明延安文学是世界文学中具有独特本土经验的文学典范，在对其译介时，直接翻译和间接翻译都是实现与源文本最佳相似和与目标读者最佳相关的翻译策略，针对延安文学翻译所表现出的问题，译者应当在尊重延安文学产生和发展的独特背景和社会环境的基础上，提升译者素质，在译文中逐步增多延安文学"本土经验"的份额，为本民族或阶级的文学以渐进的方式积累本土经验提供技术支持。

第六章关联视角下从延安文学在美国看中国现当代文学走出去，以延安文学翻译为镜，探索语言文本从一个语境转换到另一个语境时，在不同的空间结构中，不同的历史传统和文化价值这些附加在文学文本上的信息所面临的解读、解构和重构，并指出在当代全球化背景下，文学是一个社会传播系统，其传播过程包括写作、选择作品、翻译、出版、推广和发行等，在各国经济文化的发展及世界文化话语权的强弱不平等的现状下，翻译作为整个传播环节中重要的一环，肩负着中国这个多元的文化实体进入世界文学话语场域的重任。同时本章对研究进行了总结，概述了关联翻译理论的局限性与未来研究展望。

本书附录部分是基于关联翻译理论的笔者译文《故事外的故事》，该章节摘自贾平凹最珍视的自传体小说《我是农民》。贾平凹，中国作家协会副主席、陕西作家协会主席、当代文坛屈指可数的文学大家和文学奇才，当代中国富有创造精神和广泛影响的世界级作家，被誉为文学"鬼才"，曾多次获全国文学奖并先后获美国美孚飞马文学奖、法国费米那文学奖、法兰西文学艺术荣誉奖等国际大奖。《我是农民》是一部自传体小说。"我"初中毕业，即遭遇"文化大革命"，于是回家务农，成为真正的农民。在这"广阔的天地中"，我成为一名好社员，见证着农村中的各项"运动"，在亲情中熬过"政治逆境"，开始自己的暗恋。直至时来运转，我得到机会发挥特长，办工地战报；体味真正意义上的初恋。最后，凭借各种机缘，我终于走出农村，到省城读大学。全书既展示了"我"的人生经历和心路历程，也从一个侧面反映了当代中国的变迁，印证了"真正的苦难在脚下，真正的快乐在苦难中"。笔者的译文以关联翻译理论为指导原则，在保持原文与译文"最佳关联性"的过程中，还原了贾平凹原著的精神风貌，说明关联翻译理论对于《我是农民》这样充满地方特色的著作也有着充分的翻译指导力。

第二章　交际学与翻译

第一节　传统交际学与翻译

一、翻译作为一种交际活动

翻译实践已经存在了数千年。"翻译"(translation)一词起源于拉丁语"translatio",意为"带来或携带"。翻译活动的历史可以追溯到人类有记载之前,甚至早于《圣经》的诞生。从人类最早开始互动以来,翻译活动就已经出现,并对消除文化隔阂起到了至关重要的作用。在中国,最早记载的翻译活动是3000年前周朝汉族与散布在其东西南北四方的夷、戎、蛮、狄等少数民族的互动。在西方,翻译研究的历史可以追溯到公元前1世纪和2世纪的罗马学者西塞罗和贺拉斯。翻译发展到今天,作为现代社会的一个重要课题,翻译有助于消弭沟通障碍,推动文化、商业和贸易的全球化步伐,在互联网和数字时代更是如此,翻译已经自然地融入了人类的生活之中,从网络购物到日常工作,人们对翻译服务的需求持续且大幅增加。

从历史沿革看，翻译界一直对是否有可能定义翻译持怀疑态度，这样的态度对翻译活动产生了深远的影响。如果将翻译定义为将一种语言翻译成另一种语言的活动，显然太笼统了。翻译作为"历史上最复杂的事物"（Rechards，1953），具有多种定义，例如：

翻译是一门科学。

翻译是一门艺术。

翻译是一种技巧。

翻译是一项操作。

翻译是一种语言活动。

……

如果从某个角度看，上述定义都可以作为参考，但如果将上述定义放到翻译实践中，它们则很难全备的描述翻译的实践活动。正如列维（Levy，1969）指出的那样，"只有一小部分翻译文献是具有理论高度的，大多数研究翻译的文献，尤其是有关文学翻译的文献，都还没有超越经验研究的范畴。"例如，苏珊·巴斯内特（Susan Bassnett）说，"翻译是对原始文本的重写"，沃尔弗拉姆·威尔斯（Wolfram Wilss）指出"翻译是指包括直译和意译在内的语言间迁移"，JC卡特福德（JC Catford）也将翻译定义为"一种语言的文本材料被另一种语言等效文本材料的替代。"这些定义表明了一个事实，即所有提到的定义陈述都可以归纳为翻译基本上是"介于两种语言之间的一种基本的交流手段"。（Peter Newmark，1981）现在很少有人否认翻译是一种语言间的交流，即翻译通常是指通过符号直接或间接地在个人与个人、个人及团体或社会之间进行信息、思想或情感的传递、接受和反思。简而言之，翻译是人与人之间传递信息的过程或活动。

基于翻译是一种交际活动的学界共识，交际学被应用在了翻译研究的领域。奈达在他的《翻译科学》(the Science of Translation)一书中总结了五种研究翻译的方法，其中从交际学的角度研究翻译是可行的。正如王佐良所说："翻译研究天生具有比对性、跨语际性和跨学科性……"奈达(Nada)认为，为了达到向外国读者传递信息的目的，原作者通过翻译机构与翻译版本与读者建立了交际关系。

交际学的观点一直在发生变化，传统的语言交际模式有两个发展阶段，即以香农与韦弗(Shannon & Weaver)1949年提出的通讯数理模式为基础的代码模式，以及20世纪50、60年代由Grice等人提出的意图推理模式。这两种模式在扬弃中发展和完善，体现了对言语交际研究的系统性。

二、代码模式下的翻译研究

"从亚里士多德到现代符号学，所有的传播理论都基于一个单一的模型，我们称之为代码模型。"(Sperber&Wilson, 2001)代码(code)这个词在古代词源学中是制度性法典之意，即将诸法律条文按一定分类和次序排列在一起，以避免彼此冲突或重复。在词源学中，code与codex同源，后者为拉丁文中的"树干"之意，是古代书写工具，后来人们用其表示书本。其后这个词被加以抽象使用，逐渐含有以下的意思："项目或单元之系列"和"排列这些单元的规则"。自从莫尔斯电码出现后，code 被引申为一部词典，即提供电信符号系列和字母系列之间的相关关系。在社会科学中此词的流行发生于控制论和信息论及生物遗传学诸学科创立之后，这时它指一组信号在信息发出者和收进者之间的传递法则，后者相当于一个二元制句法，不涉及意义，为纯操作性的。自 20 世纪 50 年代后，科学代码概念开始移用于人文学界。

在索绪尔（F. Saussure）书中已出现过代码（code）一词，当时索绪尔用其指 langue 的属性（按 U. Eco 解释）或 langue 本身（按马丁内解释）。按此词在语言学中的上述原始用法，它可大致被解释为任何主题的一个规则系列，包括语言规则系统。在现代语言学中代码概念的流行首推雅各布森（R. Jakobson）之功，他在 1956 年的《语言基础》一书中引用了香农（C. Shannon）等在信息论中使用的代码（code）一词，并将其与从信息论中借用的语言通信中另一个概念"信息"（message）一词并用。大约同时，施特劳斯（Lévi-Strauss）将代码（code）一词用于文化人类学研究，此时它被明确地理解为规则、系统、结构等意义，以强调每一文化现象的产生都是受规则制约的，语言现象和文化现象有同构性，二者均受同一代码制约。应该说，代码一词侵入人文学界并非出于对人文话语进行科学化装饰的需要，而是为了增加描述的准确性，增强话语符号学分析中的操作性倾向和强调价值中立性的结果。

香农和韦弗(Shannon & Weaver, 1949)提出的一种广为提及的代码模型展示了如何通过使用代码来实现通信与交际。香农-韦弗模式是1949年香农和韦弗在《传播的数学理论》(*Mathematical Theory of Communication*, 1949)一文中提出了一个过程模式,被称为传播过程的数学模式或香农-韦弗模式。该模式把传播过程分成了五个环节,并用图解的形式表示出来,用以解释一般的人类传播过程。详见下图。

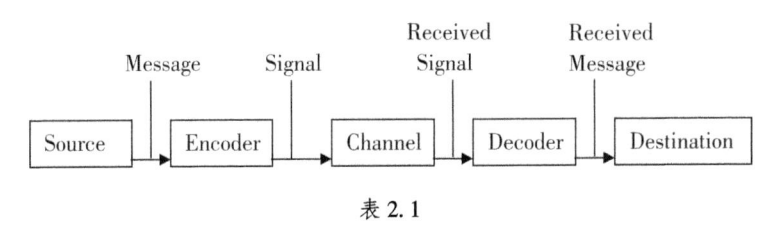

表 2.1

通用沟通流程 General Communication Process

该图表明,传播是一种直线的单向过程,整个过程由五个环节构成。作为传播过程的第一环节,信源负责发出将要传播的讯息。此后讯息会经发射器编码而采用与所经渠道相适应的信号形式到达接收器。接收器的功能与发射器相反,它将接收到的信号还原为讯息并发送到传播的目的地即信宿。

数学模式虽然为传播学研究带来了一种全新的视角,但它并不完全适用于人类社会的讯息传播过程。人际传播的讯息内容、社会环境和传播效果并不能直接在这一模式里找到,而这一模式仍然是单向直线的,它将传播者和受传者的角色固定化，忽视了人类社会传播过程中二者之间的转化；它未能注意到反馈这一人类传播活动中极为常见的因素，因而也就忽视了人类传播的互动性质。这些缺点同时也是直线传播模式所共有的。

香农-韦弗模式起初是为技术领域开发的，但是在此领域之外也有着重大而广泛的应用，尤其是传播学和翻译领域，因此它也成了传播过程的重要模式之一。简而言之，根据代码模型，交际是对信息进行编码和解码的过程，交流是由将消息编码为音频或书面信息的传播者和由解码信息的听众来实现的。基于代码模型，翻译被认为是寻求在一种符号系统中表达另一种符号系统中的信息的过程，是不同符号之间的交流活动。翻译从某种意义上讲，就是指在准确通顺的基础上，把一种语言代码转变成另一种语言代码的活动。这个过程从逻辑上可以分为两个阶段：首先，必须从源语言中译码含义，然后把信息重新编码成目标语言。在这两个阶段中，一个好的译本除了要保留原作的意思外，也要符合译入语的习惯，即对于目标语言的读者来说，其阅读的体验应该要能像母语读者一样流畅。

罗杰·贝尔（Rodger. T. Bell）在《翻译：理论和实践》(*Translation and Translating*, *Theory and Practice*) 一书中准确的表述了基于代码模式的翻译过程，见下图：

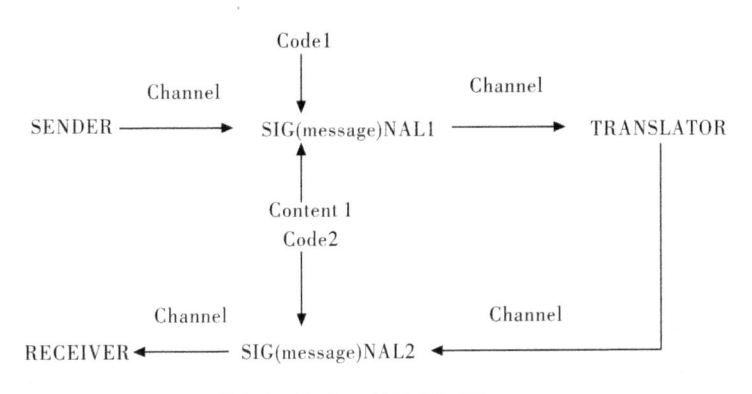

```
                    Code1
                      ↓
         Channel             Channel
SENDER ──────→ SIG(message)NAL1 ──────→ TRANSLATOR
                      ↑
                  Content 1
                   Code2
                      ↓
          Channel            Channel
RECEIVER ←────── SIG(message)NAL2 ←──────
```

表 2.2　Rodger. T. Bell's Diagram

Roger 在书中指出，"虽然代码模式有很多局限性，但是代码模式的分析元素和分析步骤可以被用来解释翻译现象。"基于代码模型的翻译理论分为九个步骤：一、信息传达者选择信息并编码；二、解码；三、选择传播渠道；四、传输含有信息的信号；五、接收者接受到包含信息的信号；六、解读密码；七、解码信号；八、获得信息；九、理解信息。

尽管 Roger 基于代码模式的翻译理论对西方学术界产生了深刻影响，但西方学界认为 Roger 的理论是一个缺乏事实基础的理论假设，其主要缺陷在于忽略了交流和理解过程的复杂性，因为交流和理解"所涉及的不仅仅是语言信号的解码和编码。"(Sperber & Wilson, 2001) 请参见以下示例。

(1) 乔是个多么老实的人啊。
What an honest fellow Joe is.

从句子(1)本身，我们可能无法知道说话者的态度是表扬还是讽刺。这种现象显然超出了代码模型的解释能力，也就是说，以代码模型为基础的翻译交际理论有其显见的局限性。

三、推理模式下的翻译研究

1967年，美国语言哲学家格赖斯(Grice)教授在哈佛进行讲座"逻辑与会话"(*Logic and Conversation*)时，提出了会话隐含意义和合作原则(cooperative principle)，开创了系统研究会话隐含意义的先河。Grice认为，交谈并不是由一系列毫不相关的话语组成的，而是交谈双方围绕共同目标努力交流的结果，在交谈中有一条总的原则在支配人们的言语使用，他总结为，在交际中，在没有充足理由的情况下，人们应该使用强势表达，而不应该使用弱势表达。

格赖斯仿效德国哲学家康德(Immanuel Kant)在"范畴表"中列出"数量""质量""关系""模态"四个范畴来构成其范畴体系的做法，划分了"数量""质量""关系""方式"四个范畴，提出了四个相应的准则及其相关的次准则。Grice提出的会话原则，即合作原则，具体包括以下四点：

(1) 数量准则(Quantity maxim)：使自己所说的话达到所要求的详尽程度，但不能比所要求的更详尽。

(2) 质量准则(Quality maxim)：不要说自己认为是不真实、缺乏足够证据的话。

(3) 关联准则(Relation maxim)：说话要贴切。

（4）方式准则（Manner maxim）：避免晦涩的词语，避免歧义，说话要简要有条理。

以上准则要求说话人的表达达到交谈现时目的所要求的详细程度，且规定不能比要求更加详细，在会话过程中，说话人应使用最经济的表达，不冗长但充沛完整；听话人则在已知是最经济表达的基础上，推知更加丰富的言语内容。即在会话中，说话人使用最经济的表达传递充沛的信息量，听话人根据词语推理出其后的隐含意义。（Grice，1967；参见何兆熊，2005）

Grice 的合作原则很快获得了学界的认可，学者在接受"合作原则"并展开深入研究后，发现合作原则在普遍性、应用性和解释的充分性方面尚有不足，于是提出了修正。里奇（Leech）是其中的代表人物。Leech 认为，日常会话中，人们并不总是直接表达自己的态度，而是会故意违反合作原则，说一些半截子话、牛头不对马嘴的话或者歧义句，但是 Grice 的合作原则不能解释这种现象，于是里奇（Leech）提出了礼貌原则（Politeness Principle），即，在某些会话语境中，说话人并不愿意遵循说话人原则，甚至并不愿意直率地表达出所应该传递的信息，而是会故意说一些牛头不对马嘴、滋生歧义的话，礼貌原则用于解释这种语境情况。Leech 认为会话中，合作原则用于优化说话内容，礼貌原则则用于维系说话双方良好关系。说话双方既需要为了会话的信息传递来遵守合作原则及其准则，也需要为了会话的顺利遵守礼貌原则及其准则。合作原则是核心,礼貌原则是补充,二者相辅相成。

　　里奇(Leech)提出了礼貌的六个特点:得体准则、慷慨准则、赞誉准则、谦逊准则、一致准则和同情准则这六个准则,即应尽量从他人立场出发,减少表达有损于他人的观点,减少表达有利于自身的观点、减少贬损他人的表达、减少赞誉自身的表达、减少同别人有分歧的表达、减少对立于他人感情的表达。在礼貌原则的基础上,反语原则也逐渐被提及。在 Grice 看来,反语属于一种会话含义,为了获得这种含义,人们往往会在会话过程中违背质量准则。交际一方会为了达到所需的语用效果进行一些自知是不真实的表达;Leech 补充,即使你再想触犯他人,也不应该冲撞礼貌原则,正确的做法是运用会话含义修饰表达,使自己的真实意思可以被理解。

　　格赖斯的会话含义理论"本质上是一种关于人们如何运用语言的理论"。它不是从语言系统内部(语音、语法、语义等)去研究语言本身表达的意义,而是依据语境研究话语的真正含义,解释话语的言外之意。会话含义关注的不是说话人说了些什么,而是说话人说这句话可能意味着什么。

　　格赖斯把会话含义分为两类:一般性会话含义和特殊性会话含义。

　　(1)一般性会话含义(Generalized conversational implicature):不需要特殊语境就能推导出来的含义。"不定冠词+名词"的例子:X went into a house yesterday and found a tortoise inside the front door.(昨天 X 走进一幢房子,在前门内

发现了一只乌龟)格赖斯认为这句话中的 a house 具有一般性会话含义:"这幢房子不是自己的"。

(2)特殊性会话含义(Particularized conversational implicature):需要依赖特殊语境才能推导出来的含义。

格赖斯特别关注特殊性会话含义,并总结出四种可能不遵守这些准则的情况:

①说话人可以悄悄地、不加声张地违反一条准则。这样,在有些情况下说话人就会把听话人引入歧途,使听话人产生误解或受骗上当,例如"说谎"。

②说话人宣布不遵守合作原则以及有关准则,例如:"我不能说更多的话了""无可奉告"。

③说话人可能面临一种"冲突"的情况,即为了维护一条准则而不得不违反另一条准则。例如他可能满足了第一数量准则(所说的话应包含为当前交谈目的所需要的信息),就违反了第二质量准则(所说的话要有足够的证据)。

A:Where does C live?(C 住在哪儿?)

B:Somewhere in the south of France.(法国南部的某个地方)

假定 B 知道 A 打算去探望 C,那么他的回答就违反了第一数量准则,因为他没有提供足量的信息。但是也没有理由认为他不合作。妥帖的解释是 B 知道如果提供更多信息,他会违反"不要说缺乏足够证据的话"这条质量准则,而使自己面临一种"冲突"情况。所以,B 说的话含义就是:他不是很准确地知道C住在什么地方。

④故意违反或利用某一准则来传递会话含义。说话人故意不遵守某一条准则，即说话人知道自己违反了某一条准则，同时还使听话人知道说话人违反了该条准则，但目的不是中断交谈，而是为了向听话人传递一种新信息——会话含义。

综上，格赖斯的会话隐含意义和合作原则就是一种会话推理模式，在代码模型之后，推理模型提出了一种完全不同的体系，即，该模型将交流视为产生和解释证据的过程。推理模型认为，如果说话者可以通过证据支持他的意图，听众可以从中推断出说话者的意图，则交流成功。例如：

(2) 要么玛丽早到了，要么鲍勃迟到了。
Either Mary is early or Bob is late.
(3) 鲍勃从不迟到。
Bob is never late.
(4) 玛丽早到了。
Mary is early.

句子(2)和(3)构成了一个推论模型，因为听众可以推断出玛丽早到了。

推论模型的引入似乎为翻译研究指明了一个新的方向：通过从上下文中推断出交流者的意图来正确理解信息，然后传递适当的语用意义并最终实现交流的成功。但是，推论模型仍然

有瑕疵。例如:

(5)琼斯买了《纽约时报》。

Jones has bought the Times.

(6)琼斯购买了一份《纽约时报》。

Jones has bought a copy of the *Times*.

(7)琼斯收购了出版《纽约时报》的新闻企业。

Jones has bought the press enterprise which publishes the *Times*.

看到(5)时,翻译者会理解为(6)还是(7)呢?通常,按照常识,译者会以(6)作为正确的理解,因为很少有人有能力购买《纽约时报》的新闻企业。但是译者如何确定讲话者不是讲的(7)呢?在这种情况下,以推理模式为基础的翻译模型也无法给出令人满意的解决方案。可见从亚里士多德到现代符号学所流行的语码解释论,直至 Grice 为代表的推理模式,虽然都解释了交际的某种功能,然而都缺乏完善的考量。

第二节 关联理论与翻译

一、关联理论:人类交际学的新理论

学术探索永远不会停止,基于传统交际学理论的不足,斯珀伯和威尔逊(Sperber&Wilson)在《关联:传播与认知》

(*Relevance*：*Communication and Cognition*，2001)一书中提出了关联理论。关联理论是对 Grice 的 CP 原则的修订和完善。Sperber & Wilson 一开始曾试图回答 Grice 方法论中提出的一些问题，但后来却发展成一种与之不同的新的理论。Sperber & Wilson 认为，Grice 所提出的推理模式不能充分解释话语的理解过程，也不能完全取代代码模式，因为在实际应用层面上，推理和解码在话语理解的过程中是没有明确界限的，即便是明示的话语，也"包含推理的成分，例如在消除歧义、确定指称方面"(何自然，冉永平，2001)。心理学研究表明，在一般情况下，推理是本能的、无意识和自动的(何自然，冉永平，2001)。这说明人们在会话时，说话者与听话者之间的合作是无意识下的行为，他们的推理势必离不开关联。有了关联理论推理、理解过程的帮助，即使是零碎的、模糊的语言学意义都为讲话人的意图提供了充分的依据。因此，关联理论提出了一种"明示—推理"的话语理解模式。关联理论是一种以关联性概念与关联原则为基础分析言语交际的话语理论，关联原则包括：认知原则，即人类的认知倾向于与最大限度的关联性相吻合；交际原则，即每一个话语(或推理交际的其他行为)都应设想为话语或行为本身具备最佳的关联性。

在关联理论中，关联性被看作是输入到认知过程中的话语、思想、行为、情景等的一种特性。当输入内容值得人们加工处理时，它就具有关联性。是否值得加工处理取决于认知效果与处理时付出的努力。关联理论认为，人们在接收和理解话语时是在不断变化着的语境基础上处理新信息的。新信息可以增加或加强原有的假设，也可以否定原有的假设。假设的增加、加强和否定就是"语境效果"或"认知效果"。在其他条件相同的情况下，处理某一输入内容所取得的认知效果越大，其关联性就越强，反之越弱；为进行加工处理而付出的努力越少，其关联性就越强，反之越弱。根据关联理论，为理解话语所需要的语境不再被当成预先确定的推导前提，即不是先确定语境，然后判定关联度，而是先设定有待处理的新信息是关联的，然后选择适当的语境来证实这种假设。在关联理论中，语境假设就是认知假设。听话人凭借认知语境中逻辑信息、百科信息和词语信息作出语境假设。找到对方话语与语境假设的最佳关联，通过推理推断出语境暗含，最终取得语境效果，达到交际成功。关联理论认为，交际不是以合作准则为基础的，为使交际成功，说话人与听话人唯一的共同目标就是要理解对方以及被对方理解。

斯珀伯和威尔逊将关联理论定义为"一种人类交际学研究的新方法。"(Sperber&Wilson，2001)关联理论的诞生是线性代码模型(the code model)和推论模型(the inferential model)的发展，斯珀伯和威尔逊指出，"大多数交际案例涉及代码的使用，同时，某些形式的交流也反映出推论模型的可行性，因此代码模型和推论模型是兼容的，代码模型(Code model)和推论模型(Inferential model)都可以为言语交流的研究做出贡献"。(Sperber&Wilson，2001)基于这种观点，关联理论提出了交流的明示—推理模型（ostensive - inferential model of communication），即，人类交流不仅需要编码、传输和解码过程，而且还涉及推理过程。作为信息的处理者，人具有推导明示行为的关联性这样的内在能力，在具体的语言交际过程中，认知—推理是基本过程，而编码—解码则包含在认知—推理过程之中。交际过程中，交际者通过话语行为表达自己的意图，接收者根据话语行为推导出交际意图。

1. 交际的明示—推理本质

关联理论认为，语言交际是具有分裂性的，语言即使不用于交际中也可独立存在。那么，真正涉及语言使用的活动并不是交际的而是认知的，语言是加工和记忆信息的基本工具，人类话语的理解、交流不仅仅是一个非智能的、机械的编码—解码过程，而是一种"明示—推理"的过程，即，人际交流的过程涉及两个因素：明示和推理。古特认为，明示—推理交流模式是指沟通者行为的明示和听者理解的推断：沟通者提出某种刺激（stimulus），使沟通者和听众双方都明白沟通者打算通过这种刺激来更明确向听众表明一套假设。明示—推理交流模式包含两个必不可少的部分：从沟通者的角度来看是明示，沟通者的任务是产生一种明示（无论是语言还是非语言），使沟通者的交际意图得以体现；从听众的角度来看，这就是推理，听众的任务是从沟通者的交际意图中推论得出沟通者的真实意图。

明示和推理是同一枚硬币的两个方面。以下引用古特的一个例子来说明。

例(1)
A："你要去购物吗？"
B："我们这周末离开。"
A："Will you go shopping?"
B："We'll be away at this weekend."

在例(1)中，B 表示他周末不会在家的信息。但是，此类信息并非沟通者 B 打算传达的全部信息。受众 A 应该"认识到明示下的意图"（Sperber&Wilson，2001），以便将沟通者的交流意图推断为"我们不需要去购物"。关联理论认为，"未能认识到这种意图（交流意图）的人可能无法注意到相关联的信息"（Sperber&Wilson，2001），因此导致交流失败。因为在听众端，交流是一个推理过程。

2. 信息意图和交际意图

斯珀伯和威尔逊认为交流是一种明示推理过程，其中"意义"并非是交流中明示的信息，相反，关联理论认为真正交流的是"意图"。明示—推理交流理论涉及两层意图：即信息意图（将一组信息展现给听众）和交际意图（使听众和沟通者可以相互证明沟通者具有提供信息的意图），前者是话语的文学意义或自然意义。例如：

例(2)

乘客：火车什么时候到西安？

票务员：早上 10：30。

Passenger："When does the train arrive in Xi'an?"

Ticket-collector："At 10：30 AM."

在此，售票员的答案旨在提供有益的信息，即第一层的"信息意图"，用以向乘客传达火车于 10：30 AM 到达的信息。第二层是"交际意图"，即向听众表明沟通者所提供信息的隐含含义。在示例(2)中，检票员的答案与时间有关，因此，答案本身就是他的信息意图的展示，同时也传达了交际意图。但是，有时候沟通者的交际意图并不那么明显。例如示例(1)中，B 向 A 表示"我们将在本周末离开"，这是 B 提供信息意图的体现，但更重要的是，由于这种明示，B 希望 A 认识到他提供的交际意图，因此 A 可以推断 B 的隐含意图，即 B 不需要购物。

在交流过程中，沟通者不仅应公开表达自己的信息意图，而且还应传达基于信息意图的交际意图，换言之，信息意图的目的是阐明沟通者的交际意图。沟通者通过向听众表达交际意图来保证成功的交流，听众对交际意图的正确反应是沟通者期望达到的交流效果。

3. 语境与语境效果

传统上将"语境"解释为社会环境、自然环境或共文本，而关联理论将"语境"定义为"一种心理建构,是听众关于世界的假设的子集,"(Sperber&Wilson,2001)所谓的"心理建构",即存在于听话者大脑中的一系列可显映的事实或假设构成的集合。不同的人具有不同的认知语境,人们主要依靠"相互显映"和"互明"(即交际双方对认知语境中事实或假设在心理上能作出共同的认知和推断)来达到相互交际、理解的目的。因此,Sperber&Wilson提出,在关联理论中,语境并不指代交流双方的话语情境、文化因素等外部环境,而是指他们"关于世界的假设"或认知环境。Sperber&Wilson两位语言学家认为,认知环境是"人们可以感知或推断出的所有事实的集合"。这是"人们身体环境和认知能力的函数"。(Sperber&Wilson,2001)

认知环境包含大量信息,其中包括可以在物理环境中感知的信息以及可以从记忆中检索的信息,例如短期记忆、长期记忆以及两者的结合。可以在记忆中检索的信息分为三种不同的类型:逻辑信息、百科信息和词汇信息(logical, encyclopedic and lexical entry)。逻辑信息由"一组演绎规则组成,这些规则适用于该概念所构成的逻辑形式。"'a set of deductive rules which apply to logical forms of which that concept is a constituent.'(Sperber&Wilson,2001)。百科信息包含有关"概念的扩展和/或明示的信息。"'the extension and/or denotation of the concept'(Sperber&Wilson,2001)词汇信息包含"有关该概念的自然语言对应物的信息:表达该概念的自然语言的单词或短语。"'information about the natural-language counterpart of the concept:

the word or phrase of natural language which expresses it.' (Sperber&Wilson, 2001)这三个部分构成了个人的认知环境。

根据传统的语用学，话语能被理解是因为交流的双方共享相同的知识，并且他们知道另一方也共享该知识（即相互知识 mutual knowledge），然而，无论从理论上还是在实践上，交流双方都不可能共享所谓的相互知识。正如斯珀伯和威尔逊（Sperber& Wilson）宣称的，尽管"所有人都生活在同一个物理世界中，我们并不是都构建了相同的表达形式，因为一方面我们在较窄的物理环境中存在差异，另一方面，也由于我们的认知能力存在差异：人们说不同的语言，掌握不同的概念，可以构造不同的表达形式并做出不同的推断，人们也有不同的记忆，他们以不同的方式将不同的理论运用到他们的经验上"。(Sperber&Wilson, 2001)在交流过程中双方使用的是双方的认知环境中相互体现的部分，只有当双方表现出的事实或假设相同时，双方的认知环境才会重叠，这被称为相互认知环境。由上可知，人们共享认知环境是因为人们共享物理环境并且具有相似的认知能力。与传统静态的语境概念不同，关联理论的语境概念是动态的：在沟通的过程中，说话人假设的认知被扩大，由此会增加听众的认知，认知环境是沟通的基础。

语境效果（Contextual effect）是说话人所提供的信息与其语境间的关系。Sperber&Wilson 提出"新信息 P 与旧信息 C 的结合是 P 在 C 中的语境化。这样的语境化可能会产生我们所谓的"语境效果"(Sperber&Wilson, 2001)。语境效果通过以下三种方式获得：

①新信息 P 与旧信息 C 结合在一起并产生新的语境隐含意义。

例(3)

A：如果下雨，我就在家。

B：下雨了

C：我在家

A：If it is raining, I'll stay at home.

B：It is raining.

C：I'll stay at home.

A 是旧信息，B 是与 A 相关的新假设。如果证明 B 是正确的，则可以很容易地推断出 C 的隐含意义"我在家"。因此，从 A 和 B 的推论组合来看，新的语境隐含意义 C 可以实现其语境效果。

②新信息 P 为旧信息 C 提供了进一步的证据，因此加强了现有假设 C。

例(4)

A：下雨了

B：下雨了

A：It is raining.

B：It is raining.

在上面的示例中，A 是当前假设，并被认为是正确的。如果确实外面在下雨，那么新的信息 B 将进一步证明和加强 A，从而达到语境效果。就关联理论而言，假设可以表现出不同程度的强度或信念，当支持该假设的其他假设可能真实存在时，该假设的强度会增加。

③新信息 P 提供反面证据，导致旧信息 C 被废弃。

例(5)

A：正在下雨

B：没有下雨

A：It is raining.

B：It isn't raining.

在这里，A(旧信息)被认为是真实的，但事实是根本没有下雨。在这种情况下，新的假设 B 与 A 相矛盾并导致 A 被放弃。根据关联理论，B 实现了语境效果。

废弃先前持有的假设是一个推理的过程，关联理论假定该过程如下：当发现两个假设相互矛盾时，如果可以比较它们的强度，并且发现一个假设比另一个假设强，则较弱的假设会被自动删除(废弃)。(Sperber&Wilson, 2001)

到目前为止，我们了解了语境效果通过三种方式影响交流,即,有三种类型的语境效果:语境隐含意义、语境效果增强和语境效果删除。关联理论认为认知语境是一个动态语境,关联是常项,语境是变项,认知语境是在话语理解的过程中不断选择的结果,是听话人重新构建的、不断循环的过程。在话语理解过程中,被认知的新信息与已经被处理的、存在于听话人认知环境中的部分信息相结合形成信的认知语境,而新的认知语境又与新信息相结合,不断构成新的认知背景,这便是动态的语境效果。

4. 关联性与最佳关联性

关联性(Relevance)是沟通的指南。如前所述,交流活动是一个明示—推理的过程,涉及沟通者的明示和听众的推理。更重要的是,交流活动是关联导向的。Sperber&Wilson 提出了关联性定义,如下所示:

关联性:当且仅当一个假设在某语境中具有某种语境效果时,该假设才与语境相关。(1995)(Relevance:An assumption is relevant in a context if and only if it has some contextual effect in that context, 1995)

根据关联理论,在语境中具有语境效果是关联性的必要条件。(Sperber&Wilson, 1995)为了使关联性概念易于理解,Sperber&Wilson 将其放在以下公式中:

关联性=语境效果/处理努力

Relevance = Contextual effect / Processing effort

关联性取决于两个因素的相互作用:语境效果和处理努

力,前者是积极因素,而后者是消极因素。新信息与旧信息的比较是寻找关联性的过程,在该过程中,需要付出处理努力。例如,在其他条件相同的情况下,计算一条复杂的信息比计算一条简单的信息会花费更多的处理努力。此外,计算隐含性信息要比处理显性信息付出更多的处理努力。在关联理论中,处理努力(Processing effort)是交流中推理过程的一个关键因素:交流与其他任何人类活动一样,人们希望资源最优化和花费最小化,这就是交流中的节约原则。在其他条件相同的情况下,话语获得的语境效果越多,其关联性就越高;处理努力越大,关联度就越低:

扩展条件1:一个假设在某个语境中具有关联性,则意味着该假设在某个语境中的语境效果很大。

范围条件2:一个假设在某个语境中具有关联性,则意味着在该语境中处理该假设所需的处理努力很小。

Extended condition 1: an assumption is relevant in a context to the extent that its contextual effects in this context are large.

Extended condition 2: an assumption is relevant in a context to the extent that the effect required to process it in this context is small.

关联理论的核心主张是,人际交流本质上期望创造最佳关联性(Optimal relevance),这种期望即来源于沟通者也来源于听众。话语的最佳关联性(1)使听众无须费力即可找到沟通者的意图;(2)该意图值得听众付出处理努力,即,该意图能为听众带来足够的语境效果。

沟通中的最佳关联性符合关联原则,该原则认为"每一次明示的交流都以其自身的最佳关联性为前提。"(Sperber&Wilson,2001)根据这一原则,当一个人着手进行沟通时,在某种程度上,他会自动假设他要说的话与听众最相关。正是由于最佳关联性,听众可以获得能正确理解该话语所需的语境信息,从而识别沟通者说出的某一话语在特定语境中的意图,并且沟通者将假设:当与正确的语境结合时,听众理解话语所需的处理努力是值得付出的。

二、关联翻译理论:从文本到思维推理

自《关联:传播与认知》一书首次发表以来,明示—推理模型下的交际学理论受到了广泛的接受,该理论对诸如语言学、文学研究、心理学和哲学等相关学科产生了有益的启发,翻译学也不例外。关联理论是在语言哲学历史上发展起来的理论,它批判了旧语用学和符号学的不足,继承和发扬了其精华;此外,关联理论还承袭了当代科学的研究方法,跨面的、跨学科的交际研究使得涉及多学科的交际活动能够通过多学科、多视角,而不是单一的学科理论和方法得以解释。从而,关联理论的解释也更加可信。从目前的情况看,关联理论把形式语用学和推理语用学合为一体,是迄今为止最有说服力的解释交际活动的理论。关联理论的出现使语用学的作用与潜力被进一步得以认识,同时也扩大了语用学的视野。关联理论不仅能解释言语的交际，也可以解释非言语的交际；不仅能解释明示的交际，也可以解释暗含的交际；不仅能解释母语交际，也可以解释非母语的跨文化的交际，比如翻译活动。

翻译被看作语际间的交流活动，关联理论作为一种传播理论，被积极应用于翻译研究中。1991 年厄恩斯特·奥古斯特·古特（Ernst-August Gutt）出版了《翻译与关联：认知与语境》一书。古特（Gutt）在关联理论的框架内成功地探索了翻译的本质。关联理论的诞生使得翻译研究的焦点从"翻译对等"转移到"思维过程"的研究，翻译工作者们试图从"关联"的视野来探索晦涩难懂的"对等概念"，从推理、语境、最佳关联、"付出-回报"原则、交际线索等方面来解释翻译现象，这无疑是翻译研究的一大进步。直到 20 世纪 80 年代末，翻译研究一直围绕着"翻译对等"这一焦点展开。但是无论是"动态对等""语用对等"或是"文本对等"，都是以文本为基础的，其研究对象是"文本本身"（texts）或"文本的组成部分"（fragments of text）。所以，"文本类型"（text typologies）和"对等分类"（equivalence classifications）也就成了当时的研究方向，译者在翻译实践中较多关注的也是文本的对等性。当交际学被用来分析解释翻译活动后，翻译研究的焦点从"文本"的研究转移到"思维过程"（mental process）的研究，即"思维推理"的研究。对此，古特（Gutt）做过如此阐述："关联理论试图就我们大脑如何进行信息加工并使我们相互之间进行交际的过程进行详细解释。因此它的研究范围在于心智官能（mental faculty），而不是'文本'或者'文本生产的过程'。"(Gutt,1991:20)毫无疑问,这一研究焦点的转移使翻译研究向前大大地迈进了一步,"其理论框架'框住'了人类的一切翻译活动,从而理顺了译者的理论思维"(赵彦春,1999:277)。反观建立在传统语言学基础之上的翻译学研究,学派众多,自立门户,相互排斥且翻译定义狭窄,难以自圆其说,以至于在翻译实践中,翻译工作者面对众多的翻译理论和翻译策略,往往难以取舍,无所适从。关联翻译理论的诞生对平息翻译界各学派多年的争执、提高翻译质量具有重要的意义。

1. 推理与关联

古特(Gutt)认为"翻译是一个推理过程,这种推理实际就是一种认知行为,是交际活动的中心,因此也是阅读或翻译活动的中心所在"(Hatim, B & Munday, J, 2004:57)。关联理论认为,"要正确理解自然语言就要通过语境来寻找关联,要靠推理。因为自然语言中的每一个话语都可以有多种理解,所以,正确理解自然语言,就必须通过语境来寻找信息的关联,然后再根据话语和语境的关联进行推理"(蔡进宝,林莹,2007:106)。

试分析下例(6):

原文:

Serge Cardin, a Canadian MP, had to apologize to the House for humming the theme song from *The Godfather* while Public Works

Minister Alfonso Gagliano, who is of Italian descent, addressed Parliament. (Newsweek, Perspectives, 21 May 2001).

译文：

加拿大国会议员塞尔吉·卡丹(Serge Cardin)因哼唱电影《教父》主题歌而向众议院道歉，因为当时具有意大利血统的公共工程部长阿方索·加利亚诺(Alfonso Gagliano)正在向议会致辞。

从语境的角度分析，不管译者还是读者都必须明确以下几个问题：

a) Serge Cardin had to apologize，为什么唱《教父》主题曲违反了议会的相关规定？

b) "The Godfather" 在本文的关联是什么？这是否与"The Godfather"是经典电影有关？

c) "descent"在本文语境中是否是个关联问题？其内涵是什么？

按照关联理论，在本文语境中议员哼唱《教父》的主题曲，暗指了政府部长的腐败行为与意大利黑社会的关联性，所以站在听众(读者或译者)的角度推理：

a) 由于种族诽谤会给他人造成伤害，所以必须道歉；

b) 由于哼唱的不是一般的曲调，读者需要推理出电影"The Godfather"与政府部长之间的特殊关系；

c) 这个部长恰好是意大利血统。

以上推理可以帮助听众(读者或译者)明白这段话的真正意思。这种推理是在更广义的交际语境中进行的,比如用种族歧视或性别歧视来分析和推理。好的译文应该能正确地引导读者进行合理推理,上述推理则是译者"译成什么"及"怎么译"在思维上做出决策的基础。

2. 语境与关联

关联理论所指的语境,既指语言特色和包括社会文化规范(socio-cultural norms)在内的环境特色,也指语言使用者接受客观世界的一系列前提假设,即"认知环境"。正如斯珀伯和威尔逊(Sperber and Wilson,1986:137)指出的,"这种意义上的语境并不局限于交际双方直接的外部环境及紧邻的语段,还包括对未来期待、科学假说、宗教信仰、对趣闻轶事的记忆、对文化的各种假定以及对说话人思维状态的种种信念。所有这些在话语理解过程中都可能起到一定的作用。"如例(6)中,译者对电影《教父》(*The Godfather*)的充分了解是推动译者推理并正确翻译的关键语境之一。

例(7)

乔:"莎拉还需要很久吗?"

帕慕"她现在和弗兰克在一起。"

Joe:"Will Sarah be long?"

Pam:"She is with Frank now."

以上对话中，B 表达的语义内容固然重要，但是说话者的交际意图取决于语境因素。说话者的话语通常是开始于口头表达或其他的刺激物，并引导听众向说话者的某种信息意图靠近。语言中，刺激物通常是暗含着信息意图的语言准则（比如：she is with Frank now.），听众的进一步加工会使得这些语言准则被转换成思维准则，这些思维准则可能是正确的，也可能是错误的。

在以上莎拉的例子中，只有通过语境才能知道莎拉"being with Frank"是意味着"Sarah will be there for hours"，还是"she will be back in two seconds"。语境使推理更加容易，即："Sarah will be there for hours"，还是"she will be back in two seconds"取决于 Frank 是个怎么样的人。

关联理论中"语境假设"是"理解文本的一个变量，这些假设不一定能正确引导对文本的理解"。（Hatim，2001：36）例（7）中，如果 Joe 不知道 Frank 是个什么样的人，那么 Pam 所要传达的内涵意思将很难被 Joe 所理解，也就不能促成 Joe 对话语意义进行正确推理。

3. 最佳关联与"付出—回报"原则

斯珀伯和威尔逊（Sperber & Wilson，1986）认为，使交流成功的核心因素是交流者和听众之间追求最佳关联性（Optimal relevance）。对话语的理解和交流的成功总是基于最佳关联性，最佳关联性被定义为用最小的处理努力获取最大的关联性。正如古特所指出的那样："……关联理论对翻译实践工作的巨大贡献是通过理解和协调交流来寻求最佳关联性。"古特坚信翻译是追求最佳关联性的过程，关联翻译理论能说明如何通过翻译在目标文本中保持最佳关联性，即翻译人员应该从原始沟通者那里寻求关联性，并在其翻译版本中保持最佳关联性。为了对这个抽象的概念进行简洁的解释可以考虑两个因素：语境效果和处理努力。为了成功进行交流，话语应该为听众提供足够的语境效果，且不会导致听众花费不必要的处理努力。最佳关联性就是寻求在语境效果和必要的处理努力之间的平衡。

关联理论认为，交际的发生是由"刺激物"（stimulus）引起的，比如上面例（6）中"哼唱《教父》主题曲"（humming a theme song）。这些刺激物引导读者或者听众克服困难去理解作者的原意，最终目的是促使读者或者听众理解说话者的"信息意图"。随着语言使用者在刺激物被不断传达和分析的一系列相互作用下，这一推理过程也不断被加强。也就是说，交际成功与否在于说话人和听话人能否找到最佳关联，即听话人能够找到说话人想要表达的意思，并且说话人想要表达的意思是值得听话人去"付出"处理努力且能得到足够的"回报"的。这些所谓的"回报"就是"积极的语境效果"。

那么付出—回报原则又是什么呢？毫无疑问，像其他人类活动一样，交际似乎由资源最佳化的意愿所决定，最佳化的一个方面就是使付出的努力最小。（Gutt，1991：26）从"付出"和"回报"考虑，语言使用者们倾向语境假设达到两个效果：（1）达到最大的"回报"（最佳的语境效果）；（2）在信息加工理解过程中付出"最少"的努力。翻译学家 Jiri Levy 把它归纳为"极小极大原则"(Minimax Principle)。需要指出的是，当人们直接表达自己意思的时候，听众很容易能理解话语意思，反之，交际就不那么顺利了。比如，话语采用夸张、比喻及间接回答等方式的时候，一味地强调最小付出努力将导致最小的交际效果，翻译出来的"笑话"就不是"笑话"了。从文本产品(text production)和读者反应(reception)的角度来看，"极小极大原则"表明文本的作者应确保任何额外努力的付出都是值得的，并且会得到相应的"回报"；而且文本的表现形式应该避免采用让人晦涩难懂的词序、词语的重复使用、修辞语言或其他一些隐语形式等。

为了文本表达有意义，语言的异常(non-ordinariness)使用比如语境的突显性(textual salience)必须能达到交际的目的。以词语的"重复"(repetition)使用为例，词语的重复使用有可能在一篇结构松散的文章中出现，也有可能出现在一篇漫无目的的口语式篇章中，或者为取得形式上的连贯(cohesion)而使用。在以上这些情况下出现的重复现象就不是很有意义了，甚至没有文本动机(contextual motivatedness)。但是，如果"重复"手法的使用是为了达到一定的修辞目的，那么这种重复就是功能性的、有意义的。在这种语境下，"重复"的手法就成了语言使用的一个标记特色(marked features)。为了达到正常交流的目的，文本动机(比如有意识地使用"重复")应该首先成为读者或者译者所依赖的文本信息。这一点对"极小极大原则"发挥作用很重要,同时对"关联性"的评估也意义深远。

4. 描写性翻译与释义性翻译

翻译是一种语言间的交流,它属于语言的解释性使用。关联翻译理论通过将翻译定义为语际解释性的使用,使我们更接近了翻译的本质(Gutt,1991)。关联翻译理论认为,翻译是跨语际交流,沟通者以语言 B 向听众传达某人用另一种语言 A 表达的东西。语言的解释性使用可以这样来分析:翻译者生产出接受者的语言文本,即译本,目的是向接收者传达信息,该信息与原始沟通者意图向原始受众传达的信息相同。因此,可以说翻译应传达与原文相同的解释,并且应传达与原文同样的明示信息和暗示信息。这里应该注意的是,像同种语言内的交流一样,语际翻译也涉及真实性。古特曾指出:"译文与原作的相似度越高,其真实性就越高。"

关联理论认为,语言有两种心理层面上不同的使用模式:描写性用途(the descriptive use)和诠释性用途(the interpretive use)。"任何命题都可以通过两种方式来表示事物:通过命题形式来代表某种事物的状态被称之为描写或者是描写性用途;如果第一个命题形式是第二个命题形式的诠释,这两种命题形式之间的相似性被称为语言的诠释性用途。"(Sperber&Wilson,1995)古特做出如下简单的解释:

当一句话在某种可能的情景中被视为真实,这句话就是描写性的话语。

A language utterance is said to be used **descriptively** when it is intended to be taken as true of a state of affairs in some possible world.

当一句话是要表达某人的言论或思想时，这句话就是诠释性的话语。

An utterance is said to be used **interpretively** when it is intended to represent what someone said or thought.

例(8)

(a)大卫："彼得通过了考试。"

(b)大卫："玛丽说'彼得通过了考试。'"

(a)David："Peter has passed the exam."

(b)David："Mary said'Peter has passed the exam.'"

这两个示例都包含"彼得已通过考试"的话语。在句子(a)中，大卫使用的话语是声称其描写的事件状态是真实的。换句话说，大卫正在用描写性的方式来表明彼得已经通过了考试。如果彼得没有通过考试，大卫就是错误的。

在(b)句中，大卫本人并没有声称彼得已通过考试；他所做的只是报告别人说的话。因此，这里的话语是诠释性的。如果玛丽从未发表这样的声明，大卫就是错误的。

诠释性用途中的关键因素是话语之间存在诠释相似性（Interpretive resemblance between utterances）的关系。Sperber&Wilson 做出了如下解释：

……两种命题形式 P&Q（可扩展为以 P&Q 为命题形式的两种思想或话语）在情境 C 中存在诠释相似性，即，它们在情境 C 中共享其分析蕴涵意义和语境蕴涵意义。

……two propositional forms P & Q (and by extension, two thoughts or utterances with P & Q as their propositional forms) interpretively resemble one another in a context C to the extent that they share their analytic and contextual implications in the context C.

在关联理论中，分析蕴涵意义（analytic implication）指的是"明示"（explicatures），而语境蕴涵意义（contextual implication）指的是"暗示"（implicatures）。相似性是个程度的问题，话语之间的这种诠释性相似在于对显性信息和隐性信息的共享，两种话语在诠释性上彼此更相似，它们所共享的显性信息和隐性信息也更多。

现在考虑以下示例（9），该示例中，一个记者可以对于某个讲座的内容给予不同的报道，不同的报道表明不同的诠释相似度。

例（9）

（a）可以报道该讲座的详细内容，显示出高度的诠释相似性；

(b)可以报道一部分讲座的详细报告，其余部分进行总结；

(c)可以提供主要观点的简要概述。

什么会决定记者的选择呢？在语言的诠释性用途中，记者的目标是使报道与原著相似，同时受关联性原则的约束，记者会在能满足最佳关联性的某些方面寻求相似性。因此，当听众对整个演讲很感兴趣时，记者将选择(a)。如果记者发现演讲中只有一部分与听众相关，那么他很可能会选择(b)。语言的诠释性使用也受到忠实性的限制，说话者应该保证其话语对原语是忠实的，也就是说，说话者所说的话语"在关联性方面足够接近原语"（Wilson&Sperber, 1988）。在报道中，诠释性使用的话语"通过告知听众某人已经说过某事或在想某事这一事实来实现关联性"（Wilson&Sperber, 1988）。

基于语言的描写性用途和诠释性用途的分类，关联翻译理论在处理形式与内容的问题上，从译者在翻译时语言使用方法上的不同，把形式和内容的处理方法分为两种，一种是描写性翻译（descriptive translation），另外一种是释义性翻译（interpretive translation）。所谓描写性翻译，指的是陈述一种客观事实，表达自己思想观点的一种翻译方法，翻译仅限于原文中部分适合译文目的的内容；而释义性翻译指的是转述他人思想和观点的一种翻译方法。

第三章 关联翻译理论的误读及澄清

第一节 关联翻译理论研究综述

一、研究历史及现状

关联理论自 20 世纪 80 年代诞生以来，为许多领域带来了新的亮点，翻译无疑是受关联理论影响最大的学科之一，关联理论在翻译中的应用已成为国内外的普遍实践。正如威尔逊曾经宣称的那样："作为一种关于人类认知和交流的理论，关联理论虽然不是翻译理论，但它为翻译研究提供了新的观点，因为当今翻译已被广泛接受为一种现代交流手段。"

自 1988 年威尔逊的学生古特（Gutt）发表第一篇关联翻译理论的论文《翻译的语用学：基于关联理论的观察》（*Pragmatics Aspects of Translation: Some Relevance Theory Observation*, 1998）以来，关联翻译理论研究已经在海内外取得了丰硕的成果，古特在文中从语境、最佳相关性和语言的解释性使用角度研究翻译，使人们对翻译的本质有了进一步的了解。彼得·纽马克(Peter Newmark)对古特的成就表示由衷的赞赏,他说:"古特的关联翻译研究是一项极具挑战性的工作,这项令人愉快的工作充满了智慧光芒。""Gutt's Relevance and Translation is an exceptional challenging, luminously intelligent and always enjoyable work."(Peter Newmark, 1993)

西方关联翻译理论研究中比较引人关注的有 Setton(1998)对同声传译的研究、Hill(2002)对实验性翻译测试的研究以及古特自 2000 年出版《翻译与关联》第二版以来对文学作品中隐含信息的翻译等方面的研究,同时值得关注的是,Olsen(1992)、Tirkkonmen Condit(1992)、Kovack(1994)以及 Unger 这些外国专家都试图将关联理论与笔译、口译或字幕翻译结合起来。例如,斯洛文尼亚学者艾琳娜·科瓦克(Irena Kovack)的论文《关联性作为削减字幕翻译的一个因素》(Relevance as a Factor in Subtitling Reduction)探讨了在斯洛文尼亚语和英语的翻译中如何利用关联性,该文重点聚焦在关联性和翻译的语境效果上;关联翻译理论研究的学者(Noh, 2000; Sperber, 2000; Wilson, 2000)引入了元表征概念,从而形成了元表征关联翻译论等。

虽然我国对关联理论的研究比国外起步相对较晚,但近年来国内研究思路日益丰富,研究领域更加宽广,研究成果更加丰富,大致可分为如下领域:语用学、翻译、第二语言教学以及其他。国内学术界对关联理论的研究从理论的引进、发展到应用创新大致分为四个阶段:理论引入阶段(1988—1993),

发展成熟阶段(1993—1997),修正完善阶段(1997—2005)和创新繁荣阶段(2005—)。

(1)理论引入阶段。最早把关联理论引进我国的学者是沈家煊、何自然等语言学家。1997年和2001年何自然在广州组织了两次关联理论研讨会,在1997年就出版了《语用学与英语学习》一书,其中对关联理论以及关联理论与翻译做了专门的研究和介绍。2001年和2004年外语教学与研究出版社与上海外语教育出版社分别引进了原版的 Relevance: Communication and Cognition 和 Translation and Relevance: Cognition and Context 两本著作。在我国,沈家煊最早对关联理论中"交际""关联性"等问题做了介绍。另外,张亚非、曲卫国也相继较为全面地对该理论做了相关评述,此后,该理论研究开始受到国内学者重视。

(2)发展成熟阶段。这期间,学者对关联理论基本内容和关键性术语研究作了多方面论述。在语用学领域,何自然多次对该理论进行阐述分析,认为关联理论是认知语用学的基础,孙玉对关联中推理过程的两大特点做了介绍,刘绍忠提到了语境的定义,还阐述了关联理论交际观(信息模式和明示—推理交际)等。此外,该理论还应用到了翻译领域,我国关联翻译理论最初是由林克难在《翻译与关联》书评中引入的,随后何自然提出了语用等效翻译观,是国内提倡用关联理论指导翻译实践的第一人。

(3)修正完善阶段。在这个阶段,国内如何自然、姜望琪等学者出版了一系列语用学专著来介绍关联理论的主要原理，此外，熊学亮还在其书中介绍了理论研究的最新动向，研究主要围绕关联理论存在的问题和学者各自看法进行。这其中最著名的就是黄衍提出的关联理论是非论，即认为该理论是"因错而对"的理论，随后何自然、吴亚欣介绍了 Yus 和 Sperber 的发言并对其加以回应。当时很多学者认为关联理论忽略了社会文化因素的作用，熊学亮、刘绍忠均持反对态度，认为实际上关联理论没有否定人的社会属性，是与社会因素相联系的。而后研究主要围绕关联理论在各领域的应用而展开。在翻译领域，赵彦春构建了指导翻译的理论模型即关联翻译，而后关联理论受到了翻译界的热情关注。王建国指出了该理论对解释翻译的局限性，同时也肯定了其对指导翻译的意义。在外语教学领域，黄子东首先在国内研究了语言水平和问题类型对听力理解的影响，并提出了相应关联模式。刘绍忠还阐述分析了语际语言成因及第二语言现象。此外，除了传统的语用核心话题，关联理论研究还涉及语篇回指、用幽默言语解读的心理机制、言语交际误解现象等问题。

（4）创新繁荣阶段。随着研究不断深入和涉及话题更加多样，国内开始注重创新性研究。在认识心理学领域，徐盛恒创造性地构建了认知语用学模式"基于心理模型的语用推理"；翻译领域也涉及多类型选题，如娄晓明、罗新等学者结合新媒体如广告、电影字幕等进行翻译研究或言语特征解读；很多硕士生热衷于采用关联理论视角赏析文学作品，对比解读名著的英汉翻译或多个译本，如王惠萍从关联翻译理论的视角解读了《红楼梦》四个英译本对话中特殊含义的重构；同时在英语教学中，相关研究话题涉及了听说读写译等多个方面，如黄小燕、吴小青从该理论出发分别对高中和大学英语阅读教学作了研究，此外，田旭还探讨了基于该理论的多模态英语写作教学，这些研究成果对中国英语教育教学的各方面起到了积极的指导和推动作用。

我国学界将关联理论和翻译的结合始于1994年林克难在《中国翻译》上发表的《翻译与关联》的书评。随后，1996年，何自然在《外语与翻译》第二期上发表了论文《翻译要译什么？翻译中的语用学》，1998年，何自然与冉永平又在《现代外语》上继续发表论文《关联理论——认知语用学基础》一文，并明确指出，Sperber和Wilson从认知科学的角度对语言交际进行了尝试性的探讨，提出了有影响力的关联理论，从而给语用学带来了新的研究热点，并将语用学的研究重点转移到认知理论上去，所以在西方它又被称为"认知语用学"。何自然与冉永平首先介绍关联理论在语用学领域中的研究近况及其主要内容，以突现该理论的基本框架；接着归纳关联理论的几个新修正与补充内容，包括关联原则、关联假设、概念意义与程序意义、正面认知效果、语境效果与语境假设的削弱等方面，从而展示了关联理论的新发展，并认为关联理论就是认知语用学的理论基础。1999年，赵彦春的《翻译的关联理论》对翻译和关联性也进行了系统而透彻的研究。近期许多论文也对关联翻译理论给予了关注与评论，例如2020年2月张雅滢在《新闻研究导刊》上发表的《从关联理论视角窥探广告翻译》，2020年6月龙婷在《上海翻译》上发表的论文《关联理论与关联理论翻译观再思考》等。所有这些论文都是主流学术杂志中的代表性论文，基于关联理论的明示-推理交际模型，认为关联理论可以有效地解释翻译的本质。当前我国关联翻译理论研究中涉及广告、归化和异化、习语、双关语、宗教文献、互文性、隐喻、连贯、回译等20多个课题。总体上，我国关联翻译理论的研究表现为宏观上的理论构建、中观上对翻译概念的剖析和微观上对翻译现象的解释与应用（王建国，2005）。

二、关联翻译理论的误读

关联理论为翻译研究带来了新的视角，它的巨大影响力引起了翻译界的热议。古特本人描述说："自从我进行这项研究以来，该理论框架在翻译的各个领域得到了广泛的应用，学界产生了各种各样的反响，有赞赏也有批评。"（古特，1991）与许多其他新理论一样，一些评论家将古特的理论视为理解翻译的重要一步，也有些人对该理论感到失望。在中国，一些学术论文对关联翻译理论还缺乏透彻系统的研究，对该理论的一些关键概念仍然存在误读。

古特在《翻译与关联》一书中指出："关联理论足以解释翻译中的一切现象，没有必要另外建立独立的翻译理论。"对此，我国学者在肯定了关联理论对翻译的解释力的同时，对其他相关问题持保留的态度。虽然赵彦春(1999)认为,"目前还没有比关联理论更有涵盖力的理论体系",但同时赵彦春也指出,"关联理论并不能覆盖所有的翻译理论、囊括所有的翻译事实"。蒋骁华(1998)认为,关联理论在解释理论时似乎游刃有余,而在分析具体问题时却往往力不从心。王斌(2000)也认为,关联理论难以解释文化缺省的问题,他指出,关联理论可以解释翻译的可译性、信度与效度以及重译,但是,关联理论对翻译的解释力是有限的,尤其对文学翻译,如果按照关联理论进行翻译,其结果最终会导致归化翻译,理由是关联理论"无法解决关联赖以存在的缺省模式之一的文化缺省的移植问题"。这种认为关联理论对文化缺省缺乏解释力的观点,应该和国外语用学家对关联理论的认识偏差有关。比如 Ziv、Goatly 等人都单纯从认知语言学的角度来解释语言交际,而忽略了人类交际中的社会文化特征。

在上述讨论的基础上,王建国也发表评论力图从更广泛的角度分析关联理论翻译的局限性。王建国认为:"关联理论未能对翻译给予足够的解释,应注意关联理论应用于翻译研究的局限性。"(2003)他认为,"如果一个假设具有更高的关联性,则读者只需要较小的处理努力就可以实现更大的语境效果,而在其他条件相同的情况下,关联性越高,语境效果就越大"。为了进一步说明自己的观点,王建国说:"为了获得更大的语境效果,翻译人员应该不遗余力地优化目标文本和目标读者的关联性。"(2003)基于上述评论,王建国对古特的理论提出了批评，认为古特的翻译理论是意译，译者应向目标读者提供尽可能多的背景信息，这样"读者只需要较少的处理努力，翻译的文本便可以与目标读者更相关"（2003）。

针对上述批评的声音，一些国内学者认为其中不乏误读，并做出了如下的评判：彭娜在 2004 年于《广东外语外贸大学学报》发表文章《关联理论翻译批评的误区——兼与王建国同志商榷》，文章指出，"认知语用学的关联理论能否用来解释翻译现象，指导翻译实践，帮助建立系统的翻译学理论框架已成为近几年译界争论的热点"。就王建国发表于《语言与翻译》2003 年第一期的《论关联理论对翻译学研究的局限性》一文，针对怀疑论的几个主要论点分析其论证的误区，彭娜指出传统的静态翻译观的影响和对《翻译与关联》的误读是导致误解的原因。赵彦春在 2003 年发表了论文《关联理论与翻译的本质》，认为王建国的主张扭曲了翻译的关联理论框架的功能，赵彦春坚决主张"关联理论与翻译兼容，关联理论可以很好解释翻译现象"。

华东师范大学外语学院张春柏教授早在 2003 年就在《中国翻译》发表了文章《直接翻译——关联翻译理论的一个重要概念》，该文章着重讨论古特关于直接翻译的思想，通过对文学翻译实例的辨析，力图澄清人们对关联翻译理论的误解，从而证明这个理论对包括文学翻译在内的跨文化语言交际有着充分的解释力。张春柏指出，"古特的《翻译与关联：认知与语境》在 1991 年发表以来，在西方翻译研究界引起了很大的反响，这个基于认知心理学的翻译理论直到近几年才引起国内学界的注意。但是，翻阅一下国内发表的有关文章就不难发现，人们对这个理论的理解似乎有一些片面，往往只强调关联理论关于'最小认知努力'的观点，没有准确理解它关于'最佳关联'和'最大语境效果'的论述，以为它只重效度，不重信度，因此他们'将关联翻译原则与同化翻译画上了等号'（王斌，2000），认为它无法解决翻译中文化缺省的问题，更不能用来解释文学翻译"。张春柏进一步认为，"产生这种误解的重要原因之一，是没有准确理解关联翻译理论的一个核心概念，即古特在书中整整两章阐述的关于直接翻译（direct translation）以及与之相对应的间接翻译（indirect translation）的思想"。张春柏指出，古特关于直接翻译和间接翻译的思想来自直接引语和间接引语。在间接引语中，说话者不必逐字重复原话，更无须模仿原说话者的语音与语调。它的目的是转述原话的命题形式（propositional form），即基本意义，而不是保留原话语言特征（linguistic properties）。在间接引语中，原话的词汇和句法结构都可以改变，疑问句和感叹句可以变成陈述句，语态和语气也可以做改变。总之，它是对原话的一种阐释，是在保留原话的基本意义的基础上，根据不同的语境需要，改变话语的表面特征，以达到原话的认知效果。所以，间接引语是语言的一种阐释性用法（interpretive use）。在直接引语中，除了原说话者的语音无法复制以外，说话者必须保留原话的每一个词，甚至句子的重音和语调，让听话者觉得仿佛是原说话者自己在说话。在书面语中，则必须保留原文所有的词和标点符号。换言之，在直接引语中，说话者没有操纵、改动或者阐释原话的余地。用关联理论的术语说就是：直接引语必须保留原话所有的"表面语言特征，所以，直接引语不是阐释性用法，而是描写性用法（descriptive use）"。

古特在《翻译与关联：认知与语境》一书中摘引了伊姆雷·拉卡托斯（Imre Lakatos，1978）的一段话："即使一个理论很合理，并且每个人都相信它，但它可能是伪科学；一个理论即使令人难以置信且没人相信它，但它可能具有科学价值；一种理论即使没有人理解，更不用说相信，但它可能具有最高的科学价值。"（A statement may be pseudoscientific even if it is eminently plausible and everybody believes in it, and it may be scientifically valuable even if it is unbelievable and nobody believes in it. A theory may even be of supreme scientific value even if no one understands it, let alone believes it.）这段话似乎很适合放在这里，正如我们前面所讨论的，翻译作为跨文化语际交流，是一种复杂的现象，因此，不应过分期望翻译理论是简单易懂的，当然关联翻译理论也不例外，在将理论应用于实践的过程中，正确理解这一理论是正确运用其规则和原则进行翻译研究的前提。张春柏教授建议，为澄清对于关联翻译理论的误读，学界应当高度重视和系统研究古特提出的直接翻译和间接翻译这两种翻译策略。

第二节 澄清误读——直接翻译和间接翻译

一、从直接/间接引语到直接/间接翻译

当我们不仅要记录人们讲话的内容,还要记录其表达方式时,我们是在谈论语际交流中直接引语和间接引语的区别。

When we are concerned with preserving not only what someone meant, but also the way it was expressed we seem to be touching on the difference between direct and indirect speech quotations in intralingual communication.

—Gutt(2001)

直接翻译和间接翻译是古特在与语际交流中的直接引语和间接引语相比较后提出的两个关键概念。直接翻译平行于直接引语,间接翻译平行于间接引语。

1. 直接翻译与直接引语

斯珀伯和威尔逊(Sperber & Wilson)认为直接引语的使用是"基于句法和词汇形式的相似性"。在直接引语中,说话者应保留原始话语的每个单词,甚至包括重读的音节和语调。若直接引语应用在书面语言中,则原始单词、短语和标点符号也应保持不变。在某些情况下,如果说话者不能理解原始话语的意思,也会使用直接引语进行转述。例如,一个七岁的孩子虽然不懂莎士比亚或孔子,但是也可以直接引用莎士比亚或孔子

的名句。简而言之,直接引语不允许更改原始话语,直接引语取决于语言特性的相似性。

例(1)

(a)鲍勃:我十点整到。

(b)玛格丽特对简说:鲍勃说他几点到?

(c)简:他说,"我十点整到"。

(a) Bob: I will be there at 10 o'clock exactly.

(b) Margaret to Jane: When did Bob say he would come?

(c) Jane: He said, "I will be there at 10 o'clock exactly".

这里(c)是直接引语,因为 Jane 的话语再现了所有的语言细节,即相同的句法结构、相同的语义表达形式以及相同的词汇等。由于直接引语保留了原文的所有语言特性,因此,如果处在原文作者所设想的情境中,那么听众就可以重构原文作者的意图。

直接翻译的概念是通过直接引语引入的,直接引语依赖于语言属性的共享,以及诠释的相似性。斯珀伯和威尔逊指出:"选择直接引语是因为直接引语的表层语言特性。"(1988)直接引语和直接翻译的共同点是,两者都可以使听众获得原文作者最初想要传达的意图。古特指出,直接翻译就是直接引语在语际间的"模拟"。

2. 间接翻译与间接引语

斯珀伯和威尔逊认为间接引语的使用取决于"认知效果的

相似性",间接翻译的概念是经由间接引语而引入的。在间接引语中,说话者不需要精确地重复原始话语的每个单词,也不需要模仿原始说话者的语调或音调。间接引语主要是为了复制原始的命题形式,即原始的含义。因此,在间接引语中,无须考虑保留原始语言属性,句法结构和词汇项目都可以更改。例如,可以将问句和感叹句更改为陈述句,甚至可以更改情绪符号或者语音。例如,在某些情况下,"你不认识他吗?"这样的问题可以改为:"他说他以为你认识那个男人。"简而言之,间接引语旨在保留原始含义,是对原始话语的一种诠释性使用,并且根据不同的语境,间接引语允许更改原始话语的某些表层语言属性,从而实现原文的认知效果。

例(2)

(a)鲍勃:我正好十点钟到那儿。

(b)玛格丽特对简:鲍勃说他什么时候会来?

(c)他说他十点来。

(a) Bob: I will be there at 10 o'clock exactly.

(b) Margaret to Jane: When did Bob say he would come?

(c) He said he would come at 10.

这里的(c)显然是一种间接引语,类似于原始(a)的命题内容和含义,但实际语言特性几乎完全不同。因此,间接引语取决于认知效果的相似性。

从以上内容可以得出，间接引语属于语言诠释性使用的范畴，因此可以说，翻译作为语际间诠释性使用时是与间接引语平行的。古特指出，间接引语为间接翻译的概念提供了启示，随着原始语言属性的变化，间接翻译的目的是保持源文本和属于不同语言的话语之间在认知效果上的相似性。

二、直接翻译——关联翻译理论的一个重要概念

直接翻译和间接翻译是关联翻译观所采用的二元翻译策略。"直接翻译强调在内容上要紧跟原文，译者的自由受到限制，在'忠实'（faithfulness）原文的前提下，使译文与原文在关联方面足够地类似"（Sperber & Wilson，1986：137）。直接翻译的目的是为了让译文读者了解"原汁原味"的原文意思，译文意思不受读者或译者个人观点的影响；而采用间接翻译的译者可自由地对译文进行加工或者概括总结，为了给读者建立最大的关联性，采用间接翻译的译者会采取措施对原文进行必要的调整，从某种角度上讲，译文具备一些新的特点而独立于原文存在（Gutt，1991：122）。间接翻译是以实现交际为目的，从翻译实践的历史来看，采用间接翻译的译文通顺易懂、便于交际，所以一直受到青睐。在间接翻译的翻译实践中，译者要经常对原文中的隐含信息进行说明，并且对那些只有原文读者才能理解的文化具项进行解释。"因为原文作者所创的语境也是目的语读者要面对的语境，所以在翻译时，译者就要对不为目的语读者所熟悉的信息进行大量的解释"（Sperber & Wilson，1995：266）。

第三章 关联翻译理论的误读及澄清

国内学界对关联翻译理论的误解主要集中在忽略关联翻译理论中对直接翻译的论述,将"关联翻译理论等同为提倡间接翻译的翻译理论,要求译者阐明原文中隐含的内容,以实现与目标文本的高度相关性"(王建国,2003)。为澄清上述误解,以下几节将对古特所提出的直接翻译进行系统的探索,通过对文学翻译案例的研究,从四个方面来说明直接翻译在关联翻译理论框架中的重要性,即意义的不确定性和开放性(the indeterminacy and open-endedness of meaning)、风格——思想表达的典型方式(style—a typical way of expressing ideas)、原作者意图的传递(transmitting of the original author's intention)和交际线索的保留(preservation of communicative clues)。

1. 意义的不确定性和开放性

关联理论的中心主张之一是,人际交流是通过推理起作用的——听众从话语中推断出沟通者打算传达的内容。然而,沟通者是如何传递信息,而听众又是如何推断出信息所包含的意义呢?这其中的关键因素是隐含意义,斯珀伯和威尔逊认为隐含意义并非沟通者的字面意思。古特表示:"并非所有文字的含义都会被明确的表达。"在每个可能要翻译的文本中,都会包含隐含意义,即在文本中并未以显性形式表达的含义。由于存在这些隐含意义,因此出现了沟通障碍,并且对这些隐含意义的不当翻译可能会使读者感到困惑。

根据王建国的说法,古特的翻译理论是要求译者解释原本隐含的意义,以此来降低读者的处理成本,使目标读者认为翻译文本有更强的关联性。但是实际上，古特的关联翻译理论恰恰认为，隐含意义具有相当多的特殊性，翻译人员在将隐含意义明示化之前应做好充分的考量。以比喻的翻译为例，斯珀伯和威尔逊认为，即使高度标准化的隐喻也传达着非常广泛的隐含意义。请考虑以下示例。

例(3)
这个房间是猪圈。
This room is a pigsty.

由于一些陈规定型的假设，这种标准化的隐喻通常传达"一个或两个主要的假设"(Sperber & Wilson, 2001)。这句话的含义可能是"房间肮脏不整洁"。但是，翻译人员可以做出上述的显性翻译吗？斯珀伯和威尔逊对这个问题给出了否定的回答，他们认为："该句话中，说话者是想要传达更多的信息，例如，'某种超越常规的肮脏不整洁的形象'。因此仅仅说'这个房间肮脏不整洁'并不能令人满意地传达出说话者的意图。"(Sperber & Wilson, 2001)可见，即使是这种高度标准化的隐喻也会在显性翻译时产生翻译损失。事实上，很多隐喻传达的信息更多：

例(4)
约翰吃东西像个猪。

John eats like a pig. (Larson，1984)

与上面的示例(3)类似，此隐喻也传达了各种假设的可能性，例如"猪吃得太多"或"猪吃得太少"(Larson，1984)。当然，这种隐喻并不是要强烈地传达这两种可能的解释中的一种。实际上，非文字语言通常能传达更广泛的含义，任何特定表达都可能扭曲原文的意图。比如以下所有话语均隐含了某些原文想要表达的含义，因此没有一个能完全传达与原文完全相同的意义。

(a)约翰吃得太多像个猪。John eats too much like a pig.

(b)约翰像猪一样随意地吃东西。John eats sloppily like a pig.

(c)约翰吃得太多太随意了，像猪一样。John eats too much and sloppily like a pig.

当然，原始句子还可能引发其他的隐含意义，比如：

(d)约翰吃得很大声，像猪一样。John eats noisily like a pig.

(e)约翰吃得很贪婪，像猪一样。John eats greedily like a pig.

古特认为，显性的翻译会局限话语隐含意义的解释范围，原话隐含了大量可能的假设意义。如果将上述话语显性翻译为，"约翰吃得太多像猪一样"，那么听众就无法假设出其他的隐含意义，比如，约翰吃得太大声，或者太贪婪，等等。古特指出："沟通者可能会暗示并传达其所有的假设，而无意强烈地传达任何特定的假设。"(Gutt, 1991)因此通过译者的解释来显性翻译原文会扭曲沟通者的意图，缩小暗示的范围以及减弱暗示的强度。

上面的分析显示了隐含意义的两个特征，即隐含意义的不确定性(indeterminacy)和开放性(open-endedness)。思想交流随着交际力量的强弱变化而变化。沟通者可以使听众将注意力集中在一系列想法上，而不必特别肯定其中的任何一个想法。通常，沟通者提供给听众的特定思想越少，交流就越弱，就有更多隐含的不确定性特征。

此外，在上述两个示例中，由于沟通者没有提供强有力的信息暗示，因此听众得出了许多不同的想法，这就是隐含意义的开放性特征。隐含意义的不确定性和开放性特征尽管被视为人类交流的常规部分，但却增加了读者的处理成本。通常，隐含意义的范围越广，处理工作就越多。在翻译中，将隐含意义显性化必然使理解更加容易，但是为了成功地进行交流，解读固然重要，语境效果也很重要。将隐含意义显性化会导致译文缺乏适当的语境效果，使读者失去对译文的兴趣。斯珀伯和威尔逊曾指出："一般而言，隐含意义的范围越广，读者对其建构的责任越大，其语境效果就越多。"(Sperber & Wilson，1986)

根据斯珀伯和威尔逊所说，语境效果是由大量较弱的含义所导致的。因此，语境效果被定义为"一种话语的特殊效果，它通过一系列较弱的暗示来实现其大部分关联性"(Sperber & Wilson，2001)。这些较弱的暗示具有开放的含义，可以有各样的解读，同时这些暗示并没有很强的牵连，将各样暗示含义加在一起会给人留下深刻印象，而不只简单地传达"信息"。

为了进一步证明语境效果的确取决于读者探索的自由度，我们对隐含信息的翻译做如下讨论。德国汉学家冯·沙查纳（Von Tscharner）1932 年 8 月在《东亚杂志》（Ostasiatische Zeitschrift）上发表论文《中国诗歌在德国》（Chinesische Gedichite in deutscher Sprache），该文提到"外国诗歌文学的译者面对的问题，大概没有比中国诗歌那么强烈、尖锐了。几乎没有别种诗歌和我们的诗歌有那么大的差异，无论是语言、格律、内容、精神思想上都表现出巨大的差异"。冯·沙查纳曾经比较过从《诗经》中选出的一首歌的三种德语译本并提出，保持诗歌的开放性和不确定性，并偏向于"无主观的不确定性"，即简洁的口语、含蓄的歧义性以及无法言说的"无"（nothingness），是中国诗歌"精神"的强大特征。此外，冯·沙查纳认为："当我们抒情地表达文字和图片的意思时，我们本应将暗示的含义放置在译文中，然而，我们却将暗含的意义热情地表达了出来，这样中国诗歌的'精神'便不存在了。"（Von Tscharner, 1969）古特从冯·沙查纳的评论得出结论："冯·沙查纳显然偏爱直接翻译，且对相当宽松的解释性翻译反应消极，因为解释性翻译未能保留典型的诗歌特性。"无论人们对冯·沙查纳的评论有何反应，在处理文学翻译中的隐含信息时，译者是需要谨慎的。

例(5)

枯藤老树昏鸦，小桥流水人家，古道西风瘦马。夕阳西下，断肠人在天涯。

（马致远，天净沙·秋思）

这是一首典型的中国诗词，诗词侧重于语义而不是语法。这首小令共有两句话，第一句话包括九个词组，这九个构成背景的名词短语分为三组，基于"秋思"的主题，列出了九个构成中国古代村庄景象的图像：枯藤、老树、乌鸦、小桥、流水、村庄小屋、古道、西风和瘦马。虽然没有任何动词，但是带给了读者秋天的凄凉感。第二句"夕阳西下，断肠人在天涯"使秋天村庄的这种背景生动而富有表现力。闻一多曾经说："读这类诗就像在月光下看山河一样。一切都被一层银色的雾笼罩，没有明显的轮廓，只有模糊的形状。你什么都说不清楚，但是你的想象力会给你很多意象，就像新印象派画家的画作一样。"

以下是三种不同的翻译版本。

英文译本1：

Autumn

Crows hovering over rugged trees wreathed with rotted vine—the day is about to done. Yonder is a tiny bridge over a sparkling stream, and on the far bank, a pretty little village. But the traveler has to go on down this ancient road, the west wind moaning, his bony horse groaning, trudging towards the sinking sun, farther and farther away from home.

(by Weng Xianliang)

英文译本 2：

Tune: Tian Jing Sha

Withered vines hanging on old branches,

Returning crows croaking at dusk.

A few houses hidden past a narrow bridge

And below the village quiet creek running.

Down a worn path, in the west wind,

A lean horse comes plodding.

The sun dips down in the west,

And the lovesick traveler is still at the end of the world.

(by Ding Zhuxing and Button Raffel)

英文译本 3：

Tune to "sand and sky"

—Autumn Thought

Dry vine, old tree, crows at dusk,

Low bridge, stream running, cottages,

Ancient road, west wind, lean nag,

The sun westering

And one with breaking heart at the sky's edge.

(by Schlepp)

从关联翻译理论的角度，我们逐句分析这首小令，看看哪一种版本处理意象的方式更好。在第一个版本中，乌鸦的动作被描述为"徘徊的乌鸦 hovering over"，树的状态被描述为"藤蔓环绕 wreathed with the vine"，译者在诗中添加了"这一天就要结束了 the day is about to done"，除此之外，译者在诗中投入了太多情感，使用"闪亮的 sparkling"来修饰溪流，房子的位置也被描述成在"远方"。在译文的第二部分，西风被描述成"呻吟着的 moaning"，"低吼着 groaning"和"跋涉着 trudging"这两个词被用来形容马匹，最后，"断肠人"被译为"离家越来越远的旅行者 a traveler going farther and farther away from home"。总之，与原始文件相比，原文是静态的，译文是动态的；原文主要由名词短语组成，译文由表现动作的句子、从句或动词短语组成；最重要的是，译文添加了一些原文根本不存在的基于情感的描述。

与第一个版本相似，第二个版本的译文也给原文添加了一些附加说明。译者使用"hanging 悬挂"一词来描述藤蔓的状态，使用"返还的 returning"和"吱吱作响的 croaking"来修饰乌鸦，添加了"一些 a few"和"隐藏的过去 hidden past"等修饰语来描述房屋，为了明确小溪的位置，译者使用了短语"在村庄的下游 below the village"，用"磨损破旧的 worn"修饰路径，用"踩踏 plodding"一词来表示马的状态，这些添加进译文中的词都表现出译者个人的理解和情感的投入。在这里，"断肠人"的形象被形容为"相思成疾的旅行者 the lovesick traveler"。

第三章　关联翻译理论的误读及澄清

　　我们再来看第三个版本。这三个版本中，只有此版本是典型的直接翻译案例，翻译人员严格按照字面意思翻译了这首作品。原文第一句中的名词短语都是逐词翻译的，原文的第二句话也用名词短语来表示，此处"断肠人"的形象直接译为"伤心的人 one with breaking heart"。总体而言，这是直接翻译的忠实翻译版本。

　　以上通过对《天净沙·秋思》中文原文及其英文译本的比较分析，很明显，不同的译者对同一意象的处理方式不同，尤其是当意象具有某些不确定的特征时。虽然在翻译中处理隐含含义并非易事，但是，诗歌的不确定性和开放性极大地丰富了诗歌的意境。众所周知，如果有一千名读者，就有一千个哈姆雷特。尼德斯·玻尔（Nids Bohr）说："诗歌着重于创造意境，而不是描述事实。"因此，诗歌总是能引发开放式的想象空间和解读方式。在处理隐含意义时，将隐含意义显性化是很多读者不能接受的，因为，语境效果来自隐含意义给读者提供的自由想象的解读空间，在解读隐含意义的过程中，读者会从阅读中获得极大的乐趣。例如，如果我们将原文中"昏鸦"一词看作是具有"修饰语+中心词"（head-plus-modifier）结构的名词短语时，读者既可以将"昏鸦"理解为"虚弱的乌鸦"，也可以将其理解为"黄昏时的乌鸦"；又比如"断肠人"的形象是不确定的，因此可以留给读者开放式的解读空间。

　　在译本 1 和译本 2 中，译者根据自己的理解，将很多原本隐含的意义显性化，显性化的过程虽然使阅读的难度降低了，但是也削弱了诗歌的语境效果，读者被剥夺了自由探索诗歌美

69

的自由,并且,读者的想象力被限定在某一个特定的层面,阅读的乐趣就面临损失。因此,"断肠人"到底是"相思成疾的人"还是"思念家乡的人"由读者自身的责任去解读。有经验的译者不会作为仲裁来告诉读者译者的喜好,而是像译本 3 所作的那样,译者为读者提供机会,用读者自己的生活经历、宗教信仰、文化假设甚至个人喜好填补不确定性的空白。读者对文本的想象力越高,文本越生动,阅读就越有趣。

总而言之,文学作品通常采用隐含意义表达内容,而好的作品往往存在不确定性的空白,读者可以充分展开想象力。读者的假设越丰富,作品的内涵就越丰富。一个成功的译者致力于通过直接翻译忠实于原始文本的多种隐含意义,而不是在作品中添加译者的个人解释。

2. 风格—思想表达的典型方式

根据《文学术语词典修订版》(*Revised Edition of Dictionary of Literary Terms*)(J. A. Cuddon,1979),风格是"散文或诗歌表达的典型方式。对风格的分析和评估涉及作家的词汇选择、修辞、句子结构以及段落布局等,实际上风格是作家对语言的使用方式"。西奥多·萨弗里(Theodore Savory)认为风格是"每件作品的基本特征,表现了作者的个性和情感"。风格可以与作者本人的语气和声音相提并论,与其笑声、动作、笔迹和面部表情一样重要。

语言运用之术早有研究。在中国,孔子说,"辞达而已矣","言之无文,行之不远"。春秋战国诸子百家各逞雄辩的时候，更是讲究说话作文的本领。刘勰(约465—约532)的论著《文心雕龙》把文章按风格分为八体,"一曰典雅,二曰远奥,三曰精约,四曰显附,五曰繁缛,六曰壮丽,七曰新奇,八曰轻靡"(《体性》)。并且进一步指出:"雅与奇反,奥与显殊,繁与约舛,壮与轻乖。"从而将风格分成了两种对立的类型。在西欧,古希腊的哲人亚里士多德(前384—前322)专门写了《修辞学》一书来探讨运用语言的艺术,其重点在于研究如何能打动听众,因此为作政治演说与法庭辩护的人所必读。古罗马时期,西塞罗(前106—前43)、昆提利安(约35—约95)等人又进一步研究各种修辞手段的运用,从此修辞学成为西欧各国学校中的必修课,与文法、逻辑并列。

现代的风格学以索绪尔以来的现代语言学为基础,着重当代语言实例的收集、记录与审辨,以别于传统修辞学之重古文范例与喜作规定。风格学研究的学派众多,以欧洲而论,有以C·巴利等人为代表的法国学派,研究全民语言中语音、词汇与句法手段的表达力;有以L·施皮策(1887—1960)等人为代表的德国学派,致力于从一个作家或一部作品的语言特点寻出共同的心理因素,可称之为心理文体学派;有以维诺格拉多夫等人为代表的苏联学派,在文学语言特别是普希金、果戈理、陀思妥耶夫斯基等作家语言风格的研究上颇有成绩;有以布拉格学派成员为主的东欧学派,其主要贡献在于区别语言使用上的常规与变异,以及如何以变异达成"突出"的效果;有在理论上着眼社会环境并在实践上建立了一套比较系统的研究方法的以韩礼德为代表的英国学派；此外还有计量文体学派、数学文体学派等等。

由于风格学所牵涉的社会的、个人的、语言的、文学的、心理的因素极为复杂，关系到心理学、社会学、文学理论、美学等其他学科，它还有许多未解决的问题，就是已大体解决的问题也还有争论，最大的争论之一在于文学风格学的地位。传统的文学批评家认为风格学对于一篇作品的分析失之于机械、烦琐，往往大费周章之后，结论肤浅，远不如文学批评之能一针见血，或虽自命为客观，其实仍是凭直觉去搜集语言事实作为证据。语言学界内部，则又感风格学不易捉摸，怀疑其是否有科学性可言。但风格学虽受到两面夹击，却仍然发展，自古以来，人们对于语言的表达力以及如何达成各种交际任务就有所关注，对于作家的文章风格也是一直进行研究的。

在文学翻译领域，风格的保留可以准确地表达原始内容，文学理论家毫无例外地非常注意文本文体特征的保存（the preservation of the stylistic properties of texts），如果译者不翻译原作者的风格，那译本将无法取得令人满意的结果。荷马的《伊利亚特》和《奥德赛》（*Iliad and Odyssey*）的四个英文译本就是这种情况。英国诗人、评论家马修·阿诺德（Matthew Arnold）指出，珂珀对荷马敏捷轻快的特点缺乏深刻的体会，蒲柏在风格和措辞上缺乏明白清晰、直截了当的特点，查普曼不了解荷马的崇高庄重。具体评价如下：

"珂珀（Cowper）采用密尔顿/但丁的倒装句序和简明扼要

的手法,无疑给人留下印象深刻的风格特点,但是这种特点与荷马的直截了当和明白清晰相反,珂珀的措辞不是荷马的措辞,也没能传达荷马作为贵族的崇高感,他在行文和语法风格上与荷马最不一样。蒲柏(Pope)的敏捷性与荷马的敏捷性不同,他朴素的思想和崇高感与荷马不同,但他与荷马的最大不同在于他过分运用了自己喜欢修饰雕琢的风格。查普曼(Chapman)运用民歌的风格和节奏来翻译荷马是不妥的,民歌风格明显低于荷马风格,查普曼的行文、语言、风格和方式远不能与荷马相像,他复杂的奇思妙想使他与荷马的单纯最不相近。纽曼(Newman)的行文、语法风格和思想与荷马崇高庄重的风格格格不入,他言辞的古怪和行文方式的卑俗才最与荷马形成鲜明对比。"

翻译界关于译者风格的讨论由来已久,关联理论的翻译观提出的"风格即关系"为理解与解释译者风格提供了认知视角。译者的翻译目的、译者对读者认知环境的判断、译者的偏好与能力等三个方面的因素形成了译者风格,译者在翻译过程中所做的选择可能有被动的成分,也可能是主动的,都形成了译者风格,关联翻译理论的风格观对译者风格这一翻译话题具有充分的解释力。在关联翻译理论框架下,翻译被视为作者与译者、译者与读者之间的双重明示推理的过程,译者身兼交际者和接收者的双重任务,其最终目标是实现最佳关联的传递,而最佳关联的传递方式则导致翻译风格的产生。认知方式、语言能力、个人偏好以及社会环境的不同会导致不同的译者选择风格迥异的方式来实现和传递最佳关联,因此同一文本的翻译风格是千变万化的,正如斯珀伯和威尔逊就翻译风格所提出的观点:"风格的不同在于关联方式的不同。"

直接翻译追求与原文语言特征的相似性,通过直接翻译,风格是可译的。文学作品是一种用语言创造的艺术,对文学作品进行翻译的要求不仅是文本内容的重新编码(即概念和事件),还包括原始文本的风格再现。再现原作的风格,首先要认识和欣赏其风格。风格是被艺术或主题意义激发出来的,包含作者风格和作品文本风格,语言是风格的重要载体,它体现着作者特有的写作方式。但是,由于语言特征不但在各个语言中有差异,即便是同一种语言结构也并不一定具有同样的风格特征(如英汉两种语言中的主动语态和被动语态),所以表达话语的风格特征的语言特征并不具有普遍性。在直接翻译中,保留了这些语言特征就在一定程度上成功地保留了风格,这些语言特征可以表现在语义呈现、句法特征、拟声词、音韵以及一些具有风格特征的词语当中。由于源语和译入语的语言、文化和读者的认知语境的差异,在直接翻译中,译者应当保留语言特征,最大限度地再现原文风格。

例(6)

原文:

I feel myself called upon, by our relationship, and my situation in life, to condole with you on the grievous affliction you are now suffering under, of which we were yesterday in-formed by a letter from Hertfordshire. Be assured, my dear Sir, that Mrs. Collins and myself sincerely sympathize with you, and all your respectable family, in your present distress, which must be of the bitterest kind, because proceeding from a cause which no time can re-move. No arguments shall be wanting on my part, that can alleviate so severe a misfortune; or that may comfort you, under a circumstance that must be, of all others most afflicting to a parent's mind…

译文：

昨接赫特福德来信，获悉先生忧心惨切，在下看在自身名分和彼此亲戚的情谊，谨向先生聊申悼惜之意。乞请先生放心，在下与内人对先生与尊府老少深表同情。此次不幸起因于永无清洗之耻辱，实在令人痛心疾首。先生遭此大难，定感忧心如煎，在下唯有多方开解，始可聊宽尊怀……

原文取自《傲慢与偏见》中的一封信，是牧师柯林斯听到莉迪亚私奔的事后，写给贝内特先生的。一个作家驱遣文字、运用语言总有其独特之处，但作为时代的个体存在，作家不可能不受他所生活的时代和民族环境的影响，因而同一时代的作家往往具有一定的共同的时代风格和民族风格，奥斯汀也不例外。奥斯汀显然明白"文如其人"的道理，其信以圆周句开头，以长句为主，语言极其正式、古板。名义上牧师柯林斯劝慰贝内特先生，劝其宽心，但却是满纸斥责。译文严谨缜密，采用了中文特有的文言体来转换英语的这种文体，直接翻译的运用使译文与原英语书信在风格上保持了一致性，译语读者和原文读者在阅读中能够获得同样的语境效果。

作为文学作品中的经典，《傲慢与偏见》以对话的形式来表现人物的性格和形象。本书开头第一章是贝内特太太与先生的对话，第二章是贝内特夫妇和几个女儿的谈话，两番谈话，篇幅不大，着墨不多，可人物的性格特点尤其是贝内特先生和他的太太的性格特点，跃然纸上，呼之欲出。

例(7)

原文：

"What is his name?"

"Bingly."

"Is he married or single?"

"Oh! Single, my dear, to be sure! A single man of large fortune; four or five thousand a year. What a fine thing for our girls."

"How so? How can it affect them?"

译文：

"他叫什么名字？"

"宾利。"

"他是已婚了还是单身状态？"

"噢!单身状态,亲爱的,他确确实实是个单身汉!一个非常有钱的单身汉,每年有四五千英镑的收入。对女儿们来说真是件大好事儿!"

"这怎么说?关女儿们什么事?"

这是贝内特夫妇的一问一答,问得简单,答得兴奋,句子使用的是短句,不完整,只听见一片惊叹声,读者不难看出这是自认为高明的贝内特先生在不紧不慢地愚弄他的妻子——一个沉于幻想的蠢女人。在文艺作品中,句子的结构往往具有强烈的表现力,就英语而言,句子按其结构可分为简单句、并列句、复合句三类。但就长度来讲,简单句并非都很短,而复合句也不一定都很长,句子的长短变化无穷,正如严复所言,"少者二三字,多者数十百言"。由于短句具有直接、清楚、有力、明快等特点,所以在文学作品的对话中,作家常使用短句这种句式。而长句则因其结构曲折,往往被用来表达复杂的概念。这种特点在《傲慢与偏见》中表现得尤为明显。

诚然,翻译并非纯粹是语言形式的变化,也要求译者意识到原作者的艺术创作过程,以掌握原始精神,以原作者自己的思想、感受和经验找到最适合原始风格的文学语言,并完全正确地复制原始的内容和形式。因此,文学翻译不仅要忠实再现内容,还要忠实再现风格。关联翻译理论中直接翻译的策略为解决文学风格的翻译问题提供了新的思路。

3. 原作者意图的传递

翻译是一种交流行为,更确切地说是一种跨语际的解释性行为。根据关联理论，交流者打算传达某些思想或观念的意向性是交流的特征（Sperber & Wilson，1995）。古特生动地论述道："作者并不是在纸上涂鸦以娱乐读者。读者也明白沟通者不是在制造噪音，而是打算进行交流。意图……在现实生活中……具有相当强大的存在感。"（Gutt，2001）"当然，我们每天会根据人们的行为来推断他们的意图。因此，读者或听众所接受到的并非原语的'复制'，而是关于说话人（或作家）信息意图的解释性假设（informative intention）。"（Sperber & Wilson，1986）

在文学领域，作家使用语言来创造经验或向读者展示作为体验者的作家所创造的作品。作家与非作家的区别在于前者能够将词语转化为情感体验过程的主体，而不是对事实的简单复录。或者我们说文学作品之所以表现出"文学性"（literariness），是因为它带来美学效果或诗意效果，这就是文学作品与非文学作品的不同之处。无论文学作家的言语、处境以及行动代表什么，我们都会在他的写作过程中看到对诗意效果的追求，即作家倾向于通过使用语言来表现其文字中的文学性。为了确保文学性的转移，作家会着眼于文学作品的特定形式，这些特定形式赋予了文学作品文学特征。

根据关联理论，作家倾向于使信息隐含在其文本中。文学作品表达的信息越明确，读者所做的处理工作就越少。相反，随着读者付出更多的努力来处理隐含信息，读者的注意力就会被吸引到信息的表达方式上。我们可以看到，作家倾向于使用特别的写作技巧，例如特别的文本形式，从而将读者的注意力引向语言作为媒介的表达方式上,这样,文学性就出现了,文学作品也与信息文本有了本质的区别。

由于文学作品的这一鲜明特征,在文学翻译中如果不考虑原作者的意图,文学翻译是不能令人满意的。关联翻译理论认为,翻译是译者和目标读者之间的一种交流行为,就目标读者而言,他们实际面对的是译员翻译的目标文本,该文本带有与原始文本在解释上相似的推定,因此,成功的翻译是告知目标读者原作者曾说过或写过的信息,并被读者认可。

文学翻译无法避免隐含含义的翻译问题,含蓄的表达并非总是导致作者意图的模糊性。作为译者,是否应该阐明这些隐含含义,以阐明作者的意图并减少读者的处理工作呢?首先,让我们考虑古特的想法。

"恰当的翻译并不意味着显性化的翻译……翻译的定义意味着译者应当传达原作者的交际意图,但并不一定要求将其传达清楚。视情况而定,也可以通过暗示来传达。""…it does not therefore follow that translation proper must be marked … in an explicit way. The relevance theoretic definition of translation implies that the translator communicates his/her interpretive intention, but it does not necessarily require that it be communicated explicately; depending on the situation, it may be communicated just as well by implicature."

(Gutt, 2001)

因此,恰当的翻译并不意味着对文本进行解释性翻译,隐含意义的存在是文学译本中不可或缺的一部分,《红楼梦》(A Dream of Red Mansion)中的翻译案例可以作为参考。

例(8)

"宝玉,宝玉,你好……"

(曹雪芹,《红楼梦》)

这句话出现在《红楼梦》第九十八回中,黛玉临终时大声喊出了这些话,其话语蕴含着丰富的含义。可能的假设如下。

A. 宝玉,你好狠心……

Pao-yu, how cold-hearted you are…

B. 宝玉,你好残忍……

Pao-yu, how cruel you are…

在这种情况下,翻译人员不可能通过选择这些假设中的任何一个来提供令人满意的译文。如果考虑原作者的意图,就很容易发现,原作者并不倾向于传达任何认知效果,相反,原作者传达的是美学效果以及想象力的自由解读。上述因素存在于原作者意图的模糊性中,继而引发读者探索不确定性的兴趣。因此,作为译者,在这种情况下,对原作者模糊意图的任何准确表述都会破坏读者的阅读乐趣,并限制读者的阅读假设自由,不仅如此,过分地解读隐含含义也会误导读者,使丰富的隐含含义失去美学效果和语境效果,翻译人员也会因不当的解释而不可避免地受到批评。

杨宪益是这样翻译的：

"Pao-yu, Pao-yu! How…"

（杨宪益、戴乃迭 译）

许多批评家对上述翻译持肯定的态度，因为译文具有丰富的隐含含义并且与原作者的意图相符。"how"这个词允许读者进行多种假设，因此，原始读者和目标语读者都可以同样地享受隐含含义。尽管读者探索的过程需要更多的处理努力，但是根据关联翻译理论，"在获得更多语境效果的过程中，读者投入合理的处理努力是可以接受的"。"to put the hearer to no unjustifiable processing effort in obtaining more contextual effects."（Gutt, 1991）

在翻译过程中，如何通过直接翻译来传达原始作者的意图也可以在以下示例中找到答案。该示例来自萨克雷（William Thackeray）《名利场》（*Vanity Fair*）中经常引用的段落。

例(9)

Although schoolmistresses'letters are to be trusted no more nor less than churchyard epitaphs; yet, as it sometimes happens that a person departs his life, who is really deserving of all the praises the stone-cutter carves over his bones; who is a **good** Christian, a **good** parent, child, wife or husband; who actually does leave a disconsolate family to mourn his loss…

(William Thackeray, *Vanity Fair*)

杨必的译文如下：

一般来说，校长的信和墓志铭一样靠不住。不过偶然也有几个死人当得起石匠刻在他们朽骨上的好话，真的是**虔诚的**教徒，**慈爱的**父母，**孝顺的**儿女，**尽职的**丈夫，**贤良的**妻子，他们家里的人也真的哀思绵绵的追悼他们。

（杨必 译）

许多评论家都高度赞赏杨必对这段话的间接翻译，他们声称，在这段话中隐含意义的显性化表达使读者的理解更加容易。原作者只用了一个词"good"来修饰原文中所有的名词，在译文中，"good"一词被显性化翻译为"虔诚的""慈爱的""孝顺的""尽职的"以及"贤良的"。

然而在原文中，"good"一词对不同的解释是持开放态度的，因此具有不确定性及模糊性，译文所用的字眼是具体的，虽然读者可能更容易理解，但原作者的意图被严重扭曲了，语境效果也面临翻译损失。原因很简单，当以"good"作为判断基督徒、父母、孩子、妻子和丈夫的标准时，作者打算给读者自由探索和想象的解读空间，并试图将读者引向其个人所倾向的解释方向。但是，当唯一的修饰语"good"被译者提供的各种判断所取代时，读者的想象力受到限制，预期的解释范围也缩小了，如果读者没有办法阅读原作，那么该间接翻译显然会误导读者。

对以上两个例子的分析表明，原作者意图是文学翻译时要考虑的重要因素。钱冠联教授(1997)指出，如果译者一个接一个地将原作者的隐含意义加以说明，还有没有想象力呢？还有叫作文学的东西吗？如果目标文本保持原来的隐含含义不变，则目标读者需要更多的处理工作；但是，目标读者会因审美享受而得到回报。如果要对原始的隐性文本进行说明，虽然可以减少目标读者的处理工作量，但同时，其审美效果也将受到损害，也就没有文学了。

翻译就是沟通，如何处理原作者的意图在翻译过程中起着至关重要的作用。在文学翻译中，对隐含意义的直接翻译保留了文学作品所传达的意义的不确定性和开放性，从而实现了适当的语境效果，原作者意图的传达应引起更多关注和更深入的理解，从而确保译作能更准确地诠释原作。

4. 交际线索的保留

要理解直接翻译，就要重视语言特性的相似性和差别性。例如，英语和汉语中的主动态和被动态有完全不同的语言结构，因此具有各自独特的语言特性。出于这个原因，古特提出，保留原文文本属性的重要性在于，该文本属性提供了一些线索，可以引导受众了解传播者最原本的意图。这些线索被称为交际线索。为了更好地说明这一点，让我们考虑以下示例。

例(10)

(a) THE LITTLE BOY broke the window.

(b) The little boy **BROKE** the window.

(a) 那个小男孩打破了窗户。

(b) 那个小男孩打破了窗户。

在这个例子中,加粗的部分是重读的部分,它的交流价值在于吸引听众去注意话语中最相关的部分,即旨在对语境效果做出最大贡献的部分。在上面的示例中,不同的重读会暗示不同的含义(sperber & Wilson,1986)。这里,(a)和(b)的含义如下。

(a) Someone broke the window.

(b) That little boy did something to the window.

(a) 有人打破了窗户。

(b) 那个小男孩对窗户做了些什么事情。

在英语中,重读减少了听众的处理努力,且不需要对语言重新编码,然而在某些语言中如果重读无法取得语境效果,就需要调整语言结构,如改成强调句来达到与重读相同的语境效果。

(a) 打破窗户的是那个小男孩。

(b) 那个小男孩做的事情是打破了窗户。

(a) It is the little boy who broke the window.

(b) What the little boy did is breaking the window.

在此,强调句的结构和句法手段的使用更接近英语重读的效果,也为预期的解释提供了相同的交际线索。

交际线索的概念尽管很抽象，但可以将交际线索的定义与直接引语相比较，即直接引语要求保留所有的语言属性，直接翻译要求保留交际线索。直接翻译依赖源文本与其译本之间完全的诠释性相似(interpretive resemblance)，通过保留原文的所有交际线索，直接翻译可以使接受者获得原文的预期解释，前提是接受者使用原文所设想的语境假设。因此，如果某个翻译被定义为直接翻译，该翻译的译本需要分享原始文本的所有交际线索，即通过将源文本和译本放置在相同语境中进行信息处理，如果两个文本可以达到相同的解释，则源文本 A 和译文本 B 共享其所有交际线索。

根据古特的说法，与直接翻译的概念密切相关的交际线索可能来自许多方面，例如语义特征、句法特性、语音特性、公式表达方式等等。古特(Gutt, 1998)认为，文本是由沟通者设计的一种语言刺激，使听众可以从中推断出沟通者打算传达的内容。换句话说，沟通者在他的文本中建立的原始文字属性，即"交际线索"将引导读者进行预期的解释。直接翻译原语中的某些原始话语需要共享该原始文本的所有交际线索，交际线索不仅可以为直接翻译保留文本风格提供新的思路，而且"交际线索"概念的引入也加深了我们对直接翻译的理解，将直接翻译完全整合到关联翻译理论框架中。

我们考虑一下《简·爱》(*Jane Eyre*)的示例翻译。

例(11)

I had had no communication by letter, or message with the outer world. School rules, school duties, school habits, and notions, and voices, and faces, and phrases, and costumes, and preferences and antipathies: such as I know of existence.

(Charlotte Bronte, *Jane Eyre*)

这一部分原文采用了单词的重复结构，最显著的特征是重复了"学校"与"和"这两个词。从诗学的角度来看，冗长繁复的词语表达了一种沮丧的感觉。从传达信息的方面看，单词的重复在语法上是不必要的，这种冗余表达需要读者更多的处理努力。但是，从语境效果上看，"学校"一词的重复表达了简·爱(Jane Eyre)对于她所居住和学习的地方的无聊感，一长串的"和"无疑传达出女主角对自己生存状态的不满。尽管这种冗余需要读者更多的处理努力，但是形式的异常往往蕴含着丰富的隐含含义。通过探究这些隐含含义，读者可以看到原作者在其文字中想要传达的语境效果。祝庆英的译文如下：

我和外面的世界不通信息。学校的规章，学校的职责，学校的习惯，还有见解、声音、脸容、习语、服装、偏爱、恶感；对于生活，我就只知道这些。

(祝庆英 译)

译文已注意到原文中重复的单词"学校"，但是，"和"字的重复被忽略了。正如我们分析的那样，作者利用重复来吸引读者注意这些交际线索，这些交际线索代表了简·爱对学校的厌恶。祝庆英的翻译是间接翻译，原作者想要传达的隐性信息被译文忽略了，虽然译文读者比原文读者能更轻松地阅读，然而所获得的新信息更少，因此译文中产生的语境效果比原始语境中产生的语境效果少，随着传达原作者意图的文本形式的消失，语境效果也随之消失了。文学作品中重要的交际线索通常包含在文学形式中，尽管"结构的复杂性需要更多的处理努力"，但在探索过程中，"处理成本的增加也增加了阅读的乐趣和语境效果"（Gutt，2001）。在关联翻译理论中，要达到诗意的效果，就需要读者能自由地探索各种相对较弱的解释。

综上，直接翻译是关联翻译理论中一个至关重要的概念，通过对文学翻译案例的研究，阐明了学界对关联翻译理论的误读。本章从意义的不确定性和开放性、风格—思想表达的典型方式、原作者意图的传递和交际线索的保留四个方面对直接翻译的概念进行了详细分析；并指出，根据古特的关联翻译理论，为了达到高度的关联性，译本对原本隐含的信息一味地进行显性化解释是不可接受的，好的翻译需要恰当地处理隐含含义和选择正确的翻译策略。

第四章　关联策略在翻译中的应用

本章首先讨论了最佳关联性和语境这两个基本概念在翻译策略选择中的作用，通过文学翻译的实例，将古特关联翻译理论指导下的直接翻译和间接翻译应用于文学翻译实践，说明其对文学翻译具有强大的解释力。

第一节　翻译策略的选择

一、翻译的过程：寻找最佳关联性

从关联理论的角度来看，翻译就是交流。斯珀伯和威尔逊认为，使交流成功的核心因素是交流者和受众双方都能追求到最佳关联性。Gutt(1991)认为翻译就是寻找最佳关联性的过程，最佳关联性进一步被定义为在合理的处理努力下获得足够的语境效果(Sperber&Wilson，1986)。下面的翻译过程图可以很好地说明这一点。(表4.1)

在翻译过程中，有作者、译者和读者参与其中。在第一个明示—推理过程中，作者通过文本表达信息，译者接受信息并进行推理，译者在交流中充当接收方。在第二个明示—推理过程中，译者扮演沟通者的角色，通过翻译目标语言文本来表达信息，读者接受译者的信息并做出推理。通过以上分析可知，译者在作者和读者之间进行协调，作为协调者，译者既充当信息接收者，又充当信息沟通者。在翻译的语际交流中，读者无法直接接受作者的信息，弥合两者之间鸿沟的译者应该在作者和读者之间建立最佳关联性，以确保沟通的成功。

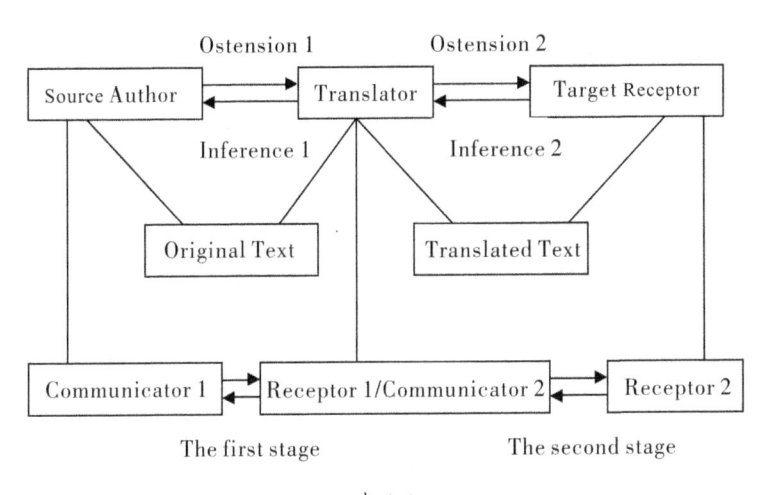

表 4.1

对表 4.1 的分析表明，交流的成功在于实现最佳关联性。负责双重沟通的译者是整个过程的关键因素。在第一阶段，译者作为阅读者，首先应该找出作者的意图，即，找出作者打算通过语音、语法、语义和语用等各个层次上可用的所有沟通线索来传达的假设。译者需要对原始语言有足够的掌握，才能完全熟悉作者所假定的上下文背景知识。通过通读全文,翻译人员需要在每个点上理解原始上下文中预期的语境效果,从而形成对原始意图的全面掌握,包括解释性信息和暗示含义。这样,通过实现最佳关联性,就可以成功完成交流的第一阶段。在第二阶段,译者的角色转移到沟通者,为了确保沟通的成功,沟通者应该对目标读者的处理能力和语境进行假设,并考虑原文是否使用了语境假设或暗示,文本信息是否存在于目标读者的认知环境中,然后选择适当的形式、通过实现最佳关联性来传递原始作者的意图。在此阶段,翻译人员需要透彻了解目标语言的属性,使译文产生与原始意图足够接近的解读,将最佳关联性传递给目标受众。

古特认为,如果译文可以实现与源文本的最佳相似性和与目标读者的最佳关联性,则译文就可以被认为是成功的。他进一步宣称,翻译原则可以概括为一句话:"做与寻求最佳关联性相一致的事情。""do what is consistent with the search for optimal relevance."(Gutt,2001)

因此,如果翻译的两个子过程都在最佳关联性的原则下成功完成,则翻译肯定会成功完成,并且原始文本与目标读者之间的最佳关联性将得以实现。

二、翻译的前提:掌握动态的语境

除最佳关联性外,翻译过程中需要考量的另一个主要方面与语境有关。古特指出:"成功的沟通需要与关联性原则保持一致,并且在处理话语时使用正确的语境信息。"正如我们前面所讨论的,相同的话语在不同的上下文语境中可能具有相反的解释。这意味着对话语的正确解释(与沟通者有关的)高度依赖于语境,错误的语境信息可能导致交流完全失败。

关联理论的语境是动态的,因为语境是一个变量,不仅仅包括先前话语或话语发生的环境,也包括解读话语时所激活的相关假设的集合,这些相关假设的集合可以来源于先前话语或对说话人以及对现时环境的观察,也可以来源于文化科学知识、常识假设,还可以是听话人处理话语时大脑所想到的任何信息。在不断的交流过程中,交际双方以一定的认知环境为背景,将新的信息添加到潜在的语境之中,构成新的语境。任何新话语的理解尽管需要利用和先前一样的语法和推理能力,但需要不同的语境。话语理解涉及两类信息的结合和运算,即由话语信号建立的新的假设和在此之前已被处理的旧假设。听话者利用关联原则指导推理,从新旧假设提供的前提推导出说话者的意图。在将文本翻译给和原作者所设想的不同文化背景的目标受众时,翻译者可能会遇到因语境的变化而改变话语整体含义的问题,因此,语境是一个在翻译过程中需要严肃对待的因素。根据关联理论,成功的交流要求与最佳关联性保持一致,但是这种一致性始终取决于语境。正如古特(Gutt)所注意到的那样,"原著作者关心文本在原著读者的语境中是否具有最佳的关联性,他通常不会关注译文是否在任何其他语境中都具有最佳关联性。""the writer of the original is concerned with his text to be optimally relevant in the context which he assumed the original audience to have. He would not normally be concerned with the question of whether his text would be optimally relevant in any other context."(Gutt, 1991)

译者应在语际交流中"预见并寻求适当的方法来克服可能出现的问题"(Gutt,1991)。译者做出的任何决定都基于"他对受众关联性的判断",即译者应对受众的认知环境做出正确的假设。如果无法使原始文本与目标受众充分相关,则应增加关联性,例如,翻译人员可以提供更多的背景信息,也就是说,通过使目标受众能够充分理解原始文本的语境来欣赏文本的关联性。正如古特(Gutt)所指出的那样,翻译者通过间接翻译(indirect translation)来增加文本关联性以加强语境,增加背景信息的意图在于,翻译者认为原著想要表达的某些含义与受众高度相关,但由于语境的差异,源语言的接受者和译本的目标读者在认知环境上的差异通常很大,译本的目标读者很难单从语义内容中获得这些相关信息,因此,翻译者试图将这些信息以显性的方式传达给译本的目标读者。

在直接翻译的情况下,翻译人员旨在使译文与原文有相同的显性信息和隐含信息,也就是说具有相同的解释性。为了使原始文本与译文完全相似,如何在源文本的语境中处理目标文本,是翻译人员进行直接翻译时要考虑的关键因素。古特强调:"只有当译文处在与原作者所设想的相同的语境背景下时,译者才能做直接翻译,以实现原作者最初的预期解释。"

(Gutt, 2001)

根据关联翻译理论，解释性相似(interpretive resemblance)是"一个渐进的概念，在这个概念中，完全相似只占有极少部分；间接翻译涵盖了这个概念连续体的大部分，而直接翻译则覆盖小部分的情况"。"graded notion that has complete resemblance as its limiting case; indirect translation covers most of the continuum, and direct translation picks out the limiting case."(Gutt, 2001)作为两种不同的翻译方法，直接翻译或间接翻译都不应该作为在整个翻译过程中始终遵循的唯一策略，两种方法的应用应当和最佳关联性原则相一致。

第二节 直接翻译在翻译中的应用

一、直接翻译与最佳关联性

直接翻译策略的使用应考虑目标读者的认知环境。根据古特(Gutt)的说法，在不顾及受众认知环境差异的情况下假设"一种信息"可以正确传达给任何受众的想法是错误的。当我们应用直接翻译时，这一点尤其重要。选择直接翻译的主要原因是直接翻译可以更接近原著的风格特征，直接翻译提供了交际线索，引导读者遵循原著交际者的解释意图。但是，翻译人员应谨慎行事，直接翻译的使用必须以成功的交流为前提，直接翻译只能在原著交际者所设想的语境中才能实现原始预期的解释。

直接翻译能够保留读者自由探索的乐趣，因此，如果读者可以正确解读原文的含义，那么译者应当尽量使读者的处理成本最小化。需要指出，对原著较多的解释虽然可以降低读者处理努力，却可能导致原始风格的丧失。正如鲁迅所主张的那样，翻译应保留原著的"情感"和"魅力"。

例(1)

(平儿道)如今赵姨娘屋里起了赃来也容易，我只怕又伤着一个好人的体面。别人都不必管，只这一个人岂不又生气？我可怜的是他，不肯为"打老鼠伤了玉瓶了"。

(曹雪芹，《红楼梦》)

译文：

Actually, I could easily find the evidence in concubine Chao's rooms, but I was afraid that would make another good person lose face. Other people wouldn't mind, but she'd certainly be angry. It was her I was thinking of. I didn't want to **smash a jade vase to catch a rat**.

(杨宪益、戴乃迭 译)

这段文字采用了直接翻译的策略。具有不同语言和文化背景的人们的行为和价值观可能会有所不同，但是，他们具有相同的想象能力和足够的生活经验。在目标文本隐藏足够交际线索的情况下，可以引导目标读者进行预期的解释。尽管可能会增加读者的处理努力，但读者可以通过享受生动的图像和异国情调而获得更多好处。

例(2)

"不要失了你的时了！你自己只觉得中了一个相公，就'癞蛤蟆想吃起天鹅肉'来！"

(吴敬梓，《儒林外史》)

译文：

"Don't be a fool!" he roared. "Just passing one examination has turned your head completely—**you are like a toad trying to swallow a swan**！"

(杨宪益、戴乃迭 译)

"癞蛤蟆想吃天鹅肉"是传统中文的表达方式。隐含的意义是指"做完全不可能的事情"。通过保留原始形象，直接翻译的译文效果充满了异国情调，因此对于西方读者来说似乎很有趣。如果翻译者过分地解读原文，则"异国情调"将不再存在，翻译也变得乏味。上述译文的风格与原始作品极为相似。

例(3)

枕前发尽千般愿，

要休且待青山烂。

水面上秤锤浮，

直待黄河彻底枯。

(无名氏，《菩萨蛮》)

译文：

On the pillow we make thousand vows, and say

Our love will last unless green mountains rot away,

On the water can float a lump of lead,

The Yellow River dries up to the very bed.

(许渊冲 译)

这是一首爱情诗，人们很容易理解恋人间的承诺和彼此忠实的爱情。尽管这首诗的写作背景是在古代的中国，但爱情的语境假设在古今中外都是一样的。即使在西方的认知环境中，目标语读者也可以获得预期的解释，也会因为借直接翻译而实现的东方之美深受感动。

让我们来看以下的英汉翻译例文：

例(4)

Joe, a clumsy and timid horseman, did not look to the advantage in the saddle, "Look at him, Amelia dear, driving into the parlor window. **Such a bull in a china shop** I never saw."

(William Thackery, *Vanity Fair*)

译文：

乔胆子小，骑术又拙，骑在鞍子上老不像样。"爱米丽亚，亲爱的，快看他骑到人家客厅的窗子里去了。我一辈子没见过这样儿，**真是大公牛闯到瓷器店了**。"

（杨必 译）

直接翻译始终为目标读者提供着异国的情调和生动表达的乐趣。以上示例尽管可能需要读者更多的处理努力，但与此同时，语境效果也有所增加。

例(5)

原文：

其形削肩长颈，瘦不露骨，眉弯目秀，顾盼神飞，唯**两齿微露**，似非佳相。

（沈复，《浮生六记》）

译文：

Of a slender figure, she had drooping shoulders and a rather long neck, slim but not to the point of being skinny. Her eyebrows were arched and in her eyes there was a look of quick intelligence and soft refinement. **The only defect was that her two front teeth were slightly inclined forward**, which was not a mark of good omen.

（林语堂 译）

由于审美标准的不同，传统的中国美女形象对英语读者而言并不好看。但是，"脖子相当长""苗条但不至于骨瘦如柴""神情敏捷""柔和精致"和"唯一的缺陷"等描述清楚地表明这是一个中国传统意义上的美人。尽管"两个前牙稍微向前倾斜"可能是不祥之兆，但林语堂在没有进一步解释的情况下采用了直接翻译策略，认为西方读者可以从文中提供的线索中看到字句之间的文化见解，从而获得足够的语境效果。

例(6)

原文：

余曰："卿果中道相舍，断无再续之理。况'曾经沧海难为水，除却巫山不是云'耳！"

（沈复，《浮生六记》）

译文：

"Even if you should leave me half-way like this," I said, "I shall never marry again. Besides, 'it is difficult to be water for one who has seen the great seas, and difficult to be clouds for one who has seen the Yangtze Gorges!'"

（林语堂 译）

"曾经沧海难为水，除却巫山不是云"来自唐朝诗人元稹的《离思》。在这首诗中，诗人将已故的妻子与女神化作的乌山之云做比较，将诗人深深的悲哀、怀旧与广阔的海洋相提并论。诗人巧妙地运用了"沧海""巫山"等意象，深刻地表达了对其妻的绵绵哀思。在林语堂的翻译中，这些生动的形象被完美地保留了下来。在译语读者面前，新鲜的东方式的异域风情跃然纸上，"他者文化"所带来的冲击力和阅读的愉悦感使人心旷神怡。

二、直接翻译与文化他者

"他者"是由自我意识建立的意向，用于区分他人，有类似"非我族类"的意味。这个概念在哲学、政治学及社会学中有着广泛的讨论。在现象学中，"他者"(the Other)或称"建构出的他者"(the Constitutive Other)，以别人与自己的差异来辨别其他的人，是一个自我形象中累积性的构成因素，同时也作为真实的一种确认。因此，"他者"是自我、我们、同类人的相异及相反的概念。"建构出的他者"是人格(本质、本性)及人(主体)之间的关系，也是本质及个人身份的表面特征之间的关系，它与相反但相关的自我特点对应。因为这些差异是在自我之内的内在差异，"他者"拥有的特性称为他性(Otherness)，或译为他者性。他性条件和质量是与一个人的社会认同有所差异，以及异于自我认同的状态。在当代全球多元文化(plural culture)价值体系相互交织穿刺、全球权力网络纠葛缠绕的涡轮式资本主义(Turbo capitalism)世界体系中，自我与他者之间多重交织的依存与矛盾关系，已成了全球化进程中问题的关键所在。

"他者"之为他者，原因显然是"异"。后现代语境文化下的思维逻辑重视差异性，反对同一性。"他者"的异质风格无疑迎合了后现代主义强调独特性的诉求。随着国际间文化交流的日益频繁，翻译的作用也日渐重要。翻译理论研究具有跨学科的、比较的特点，作为边缘与差异代表的"他者"亦逐渐受到翻译理论家们的重视。最早把"他者"与翻译理论联系起来思考的人可追溯到德国哲学家和翻译理论家施莱尔马赫。他认为翻译应是一个追求异化的过程，异化才能彰显翻译文本作为文化他者的地位，彰显文本的差异性，且异化的翻译方法有利于抑制"翻译种族中心主义的暴力"。翻译中的"他者"概念在全球化语境下有利于抵制文化自恋情结及文化帝国主义。

劳伦斯·韦努蒂(Lawrence Venuti)认为："译文应该体现出不同的文化，读者可以从译文中瞥见文化他者。"(Venuti, 1995) 著名翻译家罗新璋也说："翻译就必须具有异国情调。"(罗新璋, 1984) 例如，莎士比亚十四行诗"我可以把你比作夏日吗?"的译文在翻译文献中经常被提及，巴斯奈特(Bassnett)认为："对那些住在夏天并不美好的地区的读者来说，这句话不能从字面上直接翻译为夏天。"然而，巴斯纳特受到许多学者的批评，包括彼得·纽马克(Peter Newmark)。彼得·纽马克认为："(通过直接翻译)读者应该从十四行诗的内容中获得生动的印象，包括美丽的英国夏天的样子，阅读这首诗应该发挥读者的想象力，并介绍读者来到英国文化中。"(Newmark, 1982) 以上的辩论不仅反映了翻译策略选择的不同，也反映了对文化的不同态度。

直接翻译与间接翻译的选择策略是关于文化他者的态度问题，间接翻译采取民族中心主义的态度，使外语文本符合译入语言的文化价值观，把原作者带进译入语文化。而直接翻译则是对文化价值观的一种民族偏离主义，接受外语文本的语言和文化差异，把读者带入外国情调。18 世纪末 19 世纪初，约翰·诺特说："当翻译解释一部古代经典时，这项工作可以被认作是在历史链条中形成一环。历史不应被捏造，因此我们应当公正的翻译。"（Venuti，1995）回顾历史，许多学者都曾在这个问题上见仁见智。当历史的车轮转动到 21 世纪时，译者在直接翻译与间接翻译之间又当如何抉择呢？

例(7)

"I bet you can't spell my name," say I.

"I bet you, what you dare I can," says he.

"All right," say I, "go ahead."

"George Jaxon – then now, " says he.

（Mark Twain, *The Adventures of Huckleberry Finn*）

译文 1：

"我敢说你准不知道我的名字是哪几个字，"我说。

"我敢说你这可难不住我，我知道，"他说。

"好吧，"我说，"你说说看"。

"荞麦的荞，自治的治，清洁的洁，克服的克，孙子的孙——怎么样,"他说。

(张友松、张振先 译)

两位译员花费很多精力用中文替换英文字母,然而,这样的译文常常误导目标读者:中国人可能会疑惑,英文名字为什么不是用字母而是用汉字来拼写的,这很可笑。与这一版本相比,通过直接翻译的另一版本显得更加自然。

译文 2:
"我敢说你不会拼我的名字,"我说。
"我敢说,你能行的事我也能行,"他说。
"那好,"我说,"就拼拼看。"
"G-e-o-r-g-e J-a-x-o-n——怎么样,"他说。

(张万里 译)

以下两个例证取自沈复《浮生六记》的译文,其两个英文版本分别是由林语堂和谢利·布莱克所译。林语堂(1895—1976)以对中国语言和文化的深刻理解而闻名。由于他在国外居住了将近 35 年,他的生活经历使他熟悉了西方语言和文化,他成功地将许多中国古典文学作品翻译成英文,而《浮生六记》是他最著名的译作之一。在林语堂的《浮生六记》译本中,保留了"文化他者"的差异性和多样性。

例(8)

时当六月,内室炎蒸。

译文 1

It was in the sixth **moon**, then, and the rooms were very hot. (Lin Yutang, 1999)

译文 2

It was then the sixth **month**, the weather was very sultry and the whole house was hot and damp. (Shirley M. Black, 1959)

这两个译本对"六月"一词的处理是不同的。谢利·布莱克采用了间接翻译。而林语堂则运用直接翻译,取"moon"一词来表达中国传统的阴历纪年法,译文不仅表明中国古代是用阴历来纪年的,也表明了这种纪年法是与月亮有关的。忠实于原文的直接翻译如实地介绍了中国文化。

例(9)

余遂拜母别子女,痛哭一场。

译文 1

I then **kowtowed to my mother** and parted from my daughter and son and wept for a while. (Lin Yutang, 1999)

译文 2

I **paid my respects to my mother** and said good-bye to my children, crying bitterly all the time. (Shirley M. Black, 1959)

中国是礼仪之邦,崇尚敬老。中国人在很多场合是要对老

103

人叩头行礼的。原著中的"拜"字所表达的不是通常的礼仪,在离别之际,儿女是要叩头拜别的。在译文中,林语堂采用直接翻译的方式,恰如其分地表达出了这种尊敬之情,而布莱克的译文则忽视了这种文化色彩,使得译文与原文在礼节轻重上差别较大,也使译文读者无法体会到中国的礼节特色。

从关联理论的角度来看,读者对异域美和异国情调的期望是翻译人员需要考虑的。翻译的基本任务之一是引入"异域情调",在阅读过程中,读者会期望看到不同的风景和不同的生活,不恰当的翻译会破坏读者的这种期望。更重要的是,"交流被视为扩大彼此认知环境的方式"(Gutt, 2001)。在信息时代,这种说法尤其正确。虽然世界各地的人们比以往拥有更多关于他乡的知识,他们仍然渴望了解得再多一些。作为文化的一部分,语言在其发展中也需要一些外在的刺激,翻译作为外在刺激能够加速语言的发展,并对目标文化产生巨大影响,带来更加丰富的语言。例如中文的发展不断吸收了外国文化的新词语,这些新词语已成为我们日常生活的一部分。下面的示例(10)可以说明这一点:

例(10)

An eye for an eye and a tooth for a tooth.
以眼还眼,以牙还牙。

这句话源于《圣经》中的《出埃及记》,如今"以眼还眼,以牙还牙"在中国已被广泛接受，经常被用来描述报复的行为。《圣经》原文如下：

If men hurt a woman with child…and if any mischief follows, then thou shalt give life for life, **eye for eye**, **tooth for tooth**, hand for hand, foot for foot.

(Exodus . xxi . 24)

文化是一个开放的体系，随着国际间文化交流的频繁展开，译语读者的阅读经验和文化视野在不断地变化开阔，独特的文化背景与文化意象正在大量地被译语读者所接受和了解。人类的不同文化形态之间并非势不两立，在全球化的背景下，文化之间相互渗透，相互兼容，相互促进。人们希望在翻译中看到"异"，而"存异"才是翻译活动在当代的发展趋势。翻译不仅是跨语言交际，更是跨文化交际，不同的文化取向会影响到不同翻译策略的取舍，更关乎对于"文化他者"的态度。在当代文化环境下，处理好翻译中的文化因素是至关重要的。当代的读者所期待的不是一味求同的、显性化的间接翻译，他们渴望获取异域文化知识，通过想象的思维欣赏异域风貌，满足跟阅读本族语作品不同的审美需求。直接翻译保留了民族文化的多元性，破除"自我"民族文化的封闭，其开放性地"存异"，在翻译内容上不断地创新，促进了语言文化的发展。基于译语读者希望译者传达源语言和源文化外来精神的诉求，直接翻译是重建了另一种文化策略,"我们应该将令人着迷的异域当作促进文化间健康对话的机会"(Schutle, 2001),并通过适当使用直接翻译,将读者带入异国情调中。

第三节 间接翻译在翻译中的应用

一、间接翻译与最佳关联性

语言是文化的内在组成部分,它承载着文化、反映着文化并传播着文化。在很大程度上,文化差异是翻译作为语言间交流的最大障碍。认知心理学和人工智能的研究表明,在人类的记忆中,知识以块的形式存储,通常称为图式(schema)。每个架构都由许多插槽(slots)组成。每当感知记忆输入概念性信号时,就会通过认知系统中的记忆搜索,用一个填充物来填充一个槽。当所需的插槽全部填满后,我们的大脑将看到该架构的原型图片或过程。例如,在"学校"的模式中,将标记为"桌子""椅子""老师""学生""书本"等位置的所有空缺都填满后,"学校"的形象在脑海中就出现了。在写作时,作者必须了解其目标读者的知识结构,然后在阅读时,读者的先验知识会将信息空缺填补上,并根据作者上下文中的线索来激活读者的信息模式。但是,阅读中经常会出现的问题是,读者可能并未被包含在源文本的目标读者群中,这种现象被称为"文化缺失",也被进一步定义为"作者和预定读者共享的相关文化背景知识的缺失"。文化默认元素通常是特定于某种文化之中的,对本地人而言透明或不言而喻的东西总是会给属于不同语言文化的外国人带来真空感,并可能导致其解释的不连续性。因此,翻译人员必须充分了解目标读者的认知环境。目标读者对源文化的熟悉程度决定了译者应该在多大程度上对文化含义进行显性解释。通过了解目标读者的认知环境,如果翻译者得出结论,目标读者需要必要的文化补偿才能对译文有正确的理解,则译者应采用间接翻译的方法。否则,阅读中过多的处理努力将导致读者的阅读过程崩溃。

我们来看以下间接翻译的例子:

例(11)
打起黄莺儿,莫叫枝上啼。啼时惊妾梦,不得到辽西。

(金昌绪,《春怨》)

译文1:

A Spring Sigh

Drive the orioles away,

All their music from the trees…

When she dreamed that she went to **Liao-hsi**

To join him there, they wakened her.

(by Witter Bynner)

译文2:

Drive orioles off the tree,

For their songs awake me.

From dreaming of my dear
Far off on the frontier.

(许渊冲 译)

以上两个翻译版本都是由著名学者完成的,但是译文对同一首诗的处理方式却有所不同,特别是对中国历史地名"辽西"的翻译。"辽西"在中国具有重要的历史意义,辽西地区是指位于辽宁辽河以西与内蒙古、河北接壤的辽宁西部地区,狭义上辽西地区特指辽西走廊,即从今日的锦州城区到山海关城区之间的一条狭长地带,在交通不便的冷兵器时代因地势平坦而成为兵家必争之地。在第一个版本中,"辽西"被直接翻译成"Liao-hsi",没有显示其历史关联。因此,尽管对中国读者来说,"辽西"这个地方的隐含含义是显而易见的,但那些对中国历史没有太多了解的西方读者可能会感到迷惑。在第二个译文中,"辽西"的隐含信息被显性化为"前线 the frontier",因此,第二个译文通过实现最佳关联性可以确保交流的成功。

例(12)

范进迎了进去,只见那张乡绅下了轿进来,头戴纱帽,身穿葵花色圆领……

(吴敬梓,《儒林外史》)

译文:

Fan Chin went out to welcome the visitor, who was one of the local gentry, and Mr. Chang alighted from the chair and came in. He was wearing an **Official's gauze cap**, sun-flower-colored gown….

(杨宪益、戴乃迭 译)

"纱帽"不仅仅指普通的纱布帽。在中国古代,官员通常戴着"纱帽","纱帽"被认为是较高社会地位的象征。如果将"纱帽"一词直接翻译为"纱布帽",其文化内涵将会丢失。因此,该短语被适当地解释为"官方纱布帽"。通过在原文中添加"官方"一词,目标读者可以正确理解"纱帽"的隐含义,翻译人员可以在翻译中成功实现最佳关联性。

例(13)

二月卖新丝,五月粜新谷。医得眼前疮,剜却心头肉。

(聂夷中,《伤田家》)

译文:

Long before silkworms began to spin cocoon,

I had signed away my silk, the second moon.

In the fifth moon, I had pledged my crops of rice—

In pawn, for cash I must have at any price.

That is like gouging out a piece of one's core,

And patching it on a minor surface score.

(徐忠杰 译)

如果没有将"早在蚕开始吐茧之前 Long before silkworms began to spin cocoon"以及"在当铺，为了现金，我必须不惜任何代价 In pawn, for cash I must have at any price"这两个句子添加到译文中，这首诗的翻译几乎无法达到预期的解释。如果没有这样的解释和说明，西方读者对中国的收成季节知之甚少，他们可能会感觉无法理解这首诗的意图，而目标文本听起来可能会不合逻辑。

例(14)

(他认为离开了办公大楼，离开了政工部门，就是离开了政治，就听不到那些闲言碎语了。)谁知是**离开了咸菜缸又跳进了萝卜窖**。

(蒋子龙，《赤橙黄绿青蓝紫》)

译文：

…However later he found that he was just **jumping out of the frying pan into fire**.

"out of frying pan into fire"的意思是正在经历越来越糟糕的情况。它与短语"离开了咸菜缸又跳进了萝卜窖"的含义相同。在这里，"咸菜缸"和"萝卜窖"是中国特定文化的表述，如果直接翻译成英文，对西方读者来说毫无意义。在不同的认知环境中，直接翻译将无法达到预期的关联性，从而导致交流的彻底中断。因此，翻译人员通过用英语成语替换典型的中国形象来间接呈现隐含意义,从而实现了预期的解释。

现在让我们考虑另外两个英汉翻译示例。

例(15)

…for dessert you got **Brown Betty**, which nobody ate…

(Salinger, *The Catcher in the Rye*)

译文:

……给你上的甜食是"**褐色贝蒂**",一种水果布丁,不过谁也没吃过……

(施咸荣 译)

毫无疑问,如果将"Brown Betty"直接翻译成"褐色贝蒂",将超出我们中国读者的理解范围,为了获得预期的解释,应提供解释性信息"一种水果布丁"。

例(16)

In a word, he went out and ate ices at a pastrycook's shop in **Charing Cross**; tried a new coat in **Pall Mall**, droppd in at the **Old Slaughters'**, and called for Captain Cannon…

(William Thackeray, *Vanity Fair*)

译文:

乔治先生在却林**市场**点心铺子里吃冰激凌,再到帕尔莫尔**大街**试外套,又在斯洛德**咖啡馆**老店耽搁了一会儿,最后去拜

111

访加能上尉。

（杨必 译）

  本文摘自小说《名利场》(*Vanity Fair*)。这部小说的大多数故事都发生在英国，了解地理知识是正确理解译文背景的必要条件。在引用的段落中，"Charing Cross""Pall Mall""Old Slaughters"是伦敦的三个地方。为了使中国读者理解该背景知识，在目标文本中提供了诸如**"市场""大街""咖啡馆老店"**等更多信息，以保证读者获得原文作者所预期的解释。

  以下例(17)和例(18)**取自清朝长洲人沈复**(字三白，号梅逸)著于嘉庆十三年(1808年)的自传体散文《浮生六记》。清朝王韬的妻兄杨引传在苏州的冷摊上发现《浮生六记》的残稿，只有四卷，交给当时在上海主持申报闻尊阁的王韬，以活字板刊行于1877年。"浮生"二字典出李白诗《春夜宴从弟桃花园序》中"夫天地者，万物之逆旅也；光阴者，百代之过客也。而浮生若梦，为欢几何？"《浮生六记》以作者夫妇生活为主线，记述了平凡而又充满情趣的居家生活和浪游各地的所见所闻。作品描述了作者和妻子陈芸情投意合，想要过一种布衣蔬食而从事艺术的生活，由于封建礼教的压迫与贫困生活的煎熬，终至理想破灭。本书文字清新真率，无雕琢藻饰痕迹，情节则伉俪情深，至死不复，始于欢乐，终于忧患，飘零他乡，悲切动人。

  林语堂评价该书是"一个自传性故事，其中包括对生活艺术、生活小乐趣、风景素描以及文学艺术批评的观察和评论"。("An autobiographical story mixed with observation and comments on the art of living, the little pleasures of life, some vivid sketches of scenery and literary and art criticism.")(Lin Yutang, 1935)本书原本有六章,分别为:*Wedded Bliss*(闺房记乐),*The Little pleasures of Life*(闲情记趣),*Sorrow*(坎坷记愁),*The Joys of Travel*(浪游记快),*Experience on Liuqiu Islands*(中山记历)以及 *The way to Stay Healthy*(养生记道)。林语堂的译文只包含其中四章。

例(17)

原文:

一日,芸问:"各种古文,宗何为是?"余曰:"……昌黎取其浑,柳州取其峭,庐陵取其宕,三苏取其辨……"

(沈复,《浮生六记》)

译文:

One day, Yun asked me, "Of all the ancient authors, which one should we regard as the master?" And I replied, "…**Han Yu** is known for his mellow qualities, **Liu Tsungyuan** for his rugged beauty, **Ouyang Hsiu** for his romantic abandon and **The Su's father and sons**, are known for their sustained eloquence…"

(林语堂 译)

古代人的名字由姓、名、字、号等组成,但这对于西方人来说可能太复杂了。因此,为了使其与西方读者更加相关,林语堂选择了间接翻译策略,并以西方最熟悉的名字来指称。通过间接翻译,可以避免歧义。在这一部分中,"昌黎""柳州""庐陵""三苏"用西方人更为熟悉的名称清楚地表示出来:"韩愈""柳宗元""欧阳修"以及"苏氏父子",既保持了原汁原味,又避免了读者不必要的处理努力。

例(18)

原文:

鸿案相庄廿有三年,年愈久而情愈深。

(沈复,《浮生六记》)

译文:

We remained courteous to each other for twenty-three years of our married life like Liang Huang and Meng Kuang [of the east Han Dynasty], and the longer we stayed together, the more passionately attached we become to each other.

(林语堂 译)

"鸿案相庄"这一成语从典故"举案齐眉"而来,该故事记录在《后汉书》中:"(梁鸿)为人凭舂,每归,妻为具食,不敢于鸿前仰视,举案齐眉。"后来该典故指的是夫妻之间互相尊重的情谊。从上下文中,中国读者可以轻松得出结论,"我"和"芸"深深地相爱并且相互尊重,而英语读者则不太可能理解这种隐含的文化信息。因此，林语堂采用间接翻译的方式来提供梁鸿和孟光的更多背景信息，以便引导目标读者进行合理的解读。

二、间接翻译与可译性

几个世纪以来，学者们一次又一次地尝试探讨可译性和不可译性的问题。在翻译中，由于源语和译入语分属不同的语系，其语音系统、文字结构和修辞方法都完全不同，有时无法将原语或源语(source language)翻译成译入语或目的语(target language)而造成一定程度上意义的损失，即称为"不可译性"。无论是语言上的不可译(linguistic untranslatability)或者文化上的不可译(cultural untranslatability)都源于一种认知，即翻译中总会出现信息的丢失、改变甚至扭曲。但是实际上，悠久的文明历史不仅证明了翻译的可能性，而且证明了译者及其译作的重要作用：人们将许多关于其他国家、种族和文化的知识归功于译者的工作。就像奈达博士(Dr. Nida)在《语言结构与翻译》(Language Structure and Translation)中所说的那样："尽管各个国家在语言结构和文化特征上似乎存在巨大差异，翻译的可行性仍使人印象深刻。"

可译性的一个重要原因在于，文化的普同性造就了可译性。人类的经验在世界范围内是如此相似。每个人都必须从事日常活动，例如饮食、工作、享受家庭，经历爱、恨和嫉妒。人们会经历一些共同的经历，例如在相同的地理和气候环境下，相同的社会阶层和社交活动中获得的经验。而且，它们在宇宙学、价值观和宗教上有着许多意识形态上的相似之处。人类经验、情感和思维方式的所有这些相似之处使交流和翻译成为可能。奈达指出："处于各种文化中的人的共同点远大于将他们彼此分隔开的东西。""what people of various cultures have in common is far greater than what separates them one after another."（Eugene A. Nida & Charles R. Taber, 1982）"文化的普同性是由人类的本质所致。"人类能从自然界的其他"类"中区别出来，主要在于人类有着基本相似的生理特征、生存需要、生活方式以及思想情感……这些相似性为各民族文化（如物质文化、制度文化、心理文化）的普同性提供了基础，进而使文化的副产品——语言传译具有可译性，即可译性是理所当然的。比如，汉语中的"君子"是典型的例子，从字面上解乃"君之子"，原指"贵族"，英语中的"gentle man"源自法语"gentil homme"，也有"贵族，高贵的人"之意。后来随着英汉民族各自文化的发展，二者均逐渐变为"品德高尚、道德修养比较好的人"。因此，现在较多译者都将二者视为对等语。当然，各民族在文化传统、生活习惯、自然环境、社会发展条件、民族心理和思维方式等方面的差异都会给文化带来特殊性，并使民族文化负载词具有不可译性。随着人类社会的发展进步和日益频繁的民族文化交流，人类思维必将得到进一步发展，使民族语言日趋丰富，增加语言和文化的普同性，最终扩大或实现民族文化负载词的可译性。

中西译学理论家或学者围绕"可译"与"不可译"进行了大

量研究,并取得了阶段性的共识。刘宓庆教授认为:"如果人类语言不具有同质性,那就不存在翻译问题;语言如果没有异质性,则同样不存在翻译问题。"换句话说,语言的同质性(homogeneity)使不同语言民族之间的翻译行为成为可能,即可译性;但语言的异质性(heterogeneity)又给翻译带来可译性限度问题。同时,"可译与不可译是相对的,原语文本(包括文体和风格)是可以用另一种语言翻译出来的。"而且,"可译性不是泛指两种语言之间能否相互传译的问题,而是指某些感情和艺术色彩以及文化特色比较浓厚的作品在传译时由于语言的差别而所能达到的译文确切性的程度问题。"语言学派的翻译理论家卡特福德(J. C. Catford)在《翻译的语言学理论》一书中就翻译可译性的限度进行了论述,认为"可译性不是一个明确的二分体(dichotomy),而是一个连续体(cline)。源语文本或单位或多或少是可译的,不是绝对可译或不可译……可译性限度有两种情况,一为语言的不可译性,二为文化的不可译性"。巴斯奈特(Susan Bassnett)同意卡氏对不可译性的界定及观点,但她强调应该用更多的时间来解决翻译中遇到的实际问题。也就是说,应该研究如何扩大可译性限度的问题。此外,卡特福德还指出,"文化上不可译的词语可以归于语言不可译性,在现实的翻译实践中没有必要严格区分是语言不可译性还是文化不可译性"。从卡氏的观点中,我们可以得知他把文化不可译视作语言不可译的一种表现。可众所周知,语言既是文化的一部分,也是文化的主要载体,语言的不可译并不完全等同于文化的不可译。

在关联翻译理论框架下,翻译被认为是一种具备极大可能性的实践活动。原因如下:"人类具有非凡能力,可以用一种语言说出用另一种语言说出的内容。"(Gutt, 2001)因此,关联理论框架试图通过理解交流能力来理解翻译。人类的理解能力对于可译性非常重要。面对新事物、新经历和新现象等新的环境,人们可以在认真研究后得以适应,翻译可以做出相应的调整,使人们更容易接受新的表达和词汇。奈达(Nida, 1982)指出,"任何可以用一种语言说的东西都可以用另一种语言说出来",这就坚定地证实了翻译的可能性。

另外,关联翻译理论认为翻译的本质是交流。翻译是一个完整的交流过程,其最终目的是通过建立与目标读者之间的最佳关联性,使目标读者获取原文中的信息。根据以上陈述,古特进一步将翻译定义为语际间的解释性使用,也就是说,翻译旨在用一种语言重述某人用另一种语言说出或写出的内容(Gutt, 1998)。这意味着可以使用不同的话语来表达相同的含义,而相同的含义可以用不同的方式进行表达。更确切地说,根据古特的说法,不同的话语代码可能表达相同的含义,然后实现相同的交流效果,并且各种语言代码都具有相同的工具功能。因此,一切信息都可以以某种方式进行某种程度的翻译,没有什么是不可翻译的。

到目前为止,我们可以得出结论,可译性是一个程度的问题。在翻译实践中,当在语言或社会文化元素上没有等同的项目或特征时,根据与预期读者的最佳关联性,译者可以自由选择需要保留的内容、需要转移的内容、需要放弃的内容以及需要更改的内容,以便成功地传达原始作者的意图。

以民族文化负载词的翻译为例,语言是社会现象,是表达思想的工具,它来自各民族的生产斗争和社会生活。根据历史唯物主义的观点,各民族生产斗争的实践以及社会发展过程大致相同,用作表达思想的语言也一定有相似之处。同时,思维是客观存在的反映,同一事物在主体大脑中所产生的概念也应该大致相同。例如,汉英两族人民在古时因缺乏科学知识都把人们的"心"当作思维、感情的枢纽,因而在汉英两种语言中都出现了大批围绕"心"的习语。汉语中有"心直口快""心惊胆战""伤心欲绝",英语有"to lose one's heart""with all one's heart""marble hearted"等习语,而且为了易懂易记,顺口入耳,汉语习语多采用四字结构,英语习语多呈简洁明快、短小精悍的特点。另一方面,由于语言是思维的物质外壳,二者相互依赖,是共处于"语言—思维"这个统一体内的两个对立面。虽然客观的物质世界不断变化、发展,但人类的思维都能感知、认识客观世界,并随着后者的发展而发展。所以,运用不同语言的民族能相通或"交流",这使民族文化负载词的可译性变为可能。当然,由于自然环境、社会条件的差异,各民族在社会发展过程中会形成不同的表达方式即语言形式的不同,民族文化负载词作为源语民族表达思想的特定词汇虽然体现了鲜明的民族特性,但并不是不能为其他民族所领悟。随着客观

119

世界的发展、变化，那些原本不可译的民族文化负载词逐渐具有了可译性的译例不胜枚举。

关联翻译理论坚定地支持可译性的思想，并认为甚至"双关语"（pun）这样的修辞手段也可以通过语义调整或类推来进行翻译阐释。现在考虑以下示例。

例(19)

Romeo：What have you found?

Mercutio：No **hare**, sire.

(Shakespeare, *Romeo & Juliet*)

以上示例通过使用"双关语"达到其幽默效果。"野兔"（hare）一词的含义是双重的：一方面，它指的是野兔；另一方面，它在英语中暗示妓女。但是，这种"双关语"似乎不可翻译，因为汉语中的"野兔"没有这种隐含的意义。因此，如果逐字翻译，原文中的讽刺意味就不能被译语读者领悟。而如果通过添加一些解释性信息进行渲染，幽默感可能会完全消失。首先让我们思考一下朱圣豪的版本。

中文译本1：

罗：有了什么？

莫：不是什么**野兔子**，要说是兔子的话，……

（朱生豪 译）

显然，正如已经分析过的那样，幽默和讽刺的气息都在此译文中消失了。梁实秋凭着深厚的文学知识，找到了与汉语完全对等的翻译，并将其翻译成：

中文译本 2：
罗：你发现了什么？
莫：倒不是野鸡(妓)。

梁实秋巧妙地用中文"双关语"代替了英语中"野兔"的形象，从而达到了相同的认知效果。关联理论认为翻译是一种语际间的交流，必然会受到语言和文化差异等因素的制约。因此，翻译中的信息丢失是很常见的。如果能以最佳的关联形式翻译出原始作品的隐含含义，则某些损失是可以接受的。在关联翻译理论框架中，翻译首先应满足成功交流的要求，在成功交流的前提下，翻译后的文本应尽可能接近源文本，以获得真实性。

例(20)
不爱红装爱武装
To face the powder and not to powder the face.

该句中的文化词"红装"与"武装"体现了汉语民族特有的表达方式：既有"装"字的重复，又有"武装"与"红装"的语义照应，巧妙地勾画出女民兵的豪迈气质，在很长一段时间，该文都被用来说明语言的不可译性。到后来，译文"to face the powder and not to powder the face"（许渊冲 译）的出现，有力地证明了双关的可译性。

从语言研究的宏观视角来看，语言学家都有意或无意地承认语言具有同质性或异质性。正如刘宓庆教授所言："所有的语言学家都自觉不自觉地表现出不同的研究倾向：一是以同质语言观为自己的基本理念，有意或无意地预先设定所有的语言在本体论的各方面（本质、要素、系统、结构和功能）都是相同的……另一种是以语言的异质观为自己的基本理念，……在对语言共性基本认同的前提下，对某一特定语种与其他语种在本质、要素、系统、结构和功能等方面作通体对比观照……"人类语言具有共性已是不争的事实，但各个民族因其不同的社会发展历史，在语言上会表现出一定的异质性：各语言均有许多独具民族特征的语法结构或特色词汇，各语言对自己民族思想感情的感染力和渗透力不尽相似。这些体现异质性的语言差异往往成为翻译时不易跨越的樊篱，甚至使文化负载词在短期内具有不可译性。因此，在进行民族文化负载词可译性研究时，翻译工作者应该在把握源语和目的语同质性的基础上，系统而深入地考察两种语言的异质性，即，分析由同质性带来的可译性以及异质性带来的不可译性。刘宓庆教授曾指出："文化翻译的任务不是翻译文化，而是翻译容载或含蕴着文化信息的意义。"从民族文化负载词翻译可以看出，绝大多数语篇在总体上是可译的，但同时又存在着局部的不可译性，通过间接翻译的策略，译者处理和解决这种局部不可译现象的过程，正好体现了翻译是一种创造性活动的事实。

综上，本章分别讨论了直接翻译和间接翻译的应用，其中包括"文化他者"以及"可译性"的讨论。通过分析翻译的整个过程，认为翻译是寻找最佳关联性的过程，如果在交流的两个子阶段都实现了最佳的关联性，则翻译被认为是成功的。译者在选择合适的翻译策略时，应认真考虑最佳关联性和语境这两个重要的概念。

直接翻译与间接翻译是互补的关系。翻译是语际间的交流，各民族文化的多样性决定了翻译中难免会出现文化差异以及信息传递障碍，这时对文化差异或文化缺损进行弥补是必要的，因此间接翻译是不可或缺的。同时，在文化全球化的旗帜下，多元文化主义(Multi-culturalism)被称为不同种族共存的文化马赛克，或者文化沙拉碗模式，该主义强调不同的文化各有其独特性，推行不同文化之间的相互尊重和宽容，在事关接纳其他民族文化时尤其重要。文化族群的多重性以及彼此包容促进了各民族在文学、艺术和哲学领域的交流和彼此欣赏，使文化上截然不同的人们在同一个国家和城市里得以和谐共存。在文化全球化的今天，人们对于文化他者采取越来越宽容的态度，直接翻译在翻译实践中保存了"他者"的文化差异，丰富了目的语文化，使译语读者了解他者、欣赏他者，并在当代的多元文化语境下，学会与他者沟通对话，在他者文化中获得新的文化因素。也因此，从解构和批判的立场出发，对封闭式的全球化总体性论述进行反思批判的基础上，直接翻译有助于全球化进程中的他者们(Others)全面出场，并且避免他者的全球化路径被霸权话语所阻断，从而使得他者们的各种殊相和异质性(heterogeneity)得以被确保、他者的个别性(singularity)得以被确立，而且让全球共同体(global community)能有更充分的空间去接纳所有的他者，避免形成一种全球同质化整体(homogenized whole)的论述局面，没有全球化的全球化(globalization without globalization)的他者视野之主张要彻底地解构当代全球化标榜自我本位的霸权话语形式。因此，直接翻译和间接翻译都是在关联理论框架内的翻译策略，译者应该灵活使用，避免绝对化的批判性倾向。

第五章　直接翻译与间接翻译在延安文学作品翻译中的统一

第一节　延安文学作家作品翻译概述

一、延安文学概念界定

延安文学也通常被指称为"延安文艺"。"延安文艺"起源于毛泽东《在延安文艺座谈会上的讲话》，1943年《讲话》正式刊发，当时的《解放日报》首次正式使用了延安文艺的提法。近年来，随着延安文艺研究的进一步深化，研究中普遍存在着以"延安文学"指称"延安文艺""延安时期文学""解放区文学"等现象。

延安文学作为20世纪中国现代文学史上颇为重要的文学现象之一，有其特定的内涵意蕴，特指延安时期以延安为中心的陕甘宁边区所进行的不同形态的文艺运动及产生的文学作品。延安文学以广大文艺工作者深入前线，歌颂抗日英雄，揄扬民主根据地以及宣传穷人"翻身"运动为主题，以反帝反封建和宣传阶级斗争为内容，文学创作成为受鼓励、受保护的主流文化活动。延安文学的形成和发展并不是一个孤立的现象，在中国新文学的发展历史中起着紧密衔接的承启作用，它将五四文学、20世纪30年代的左翼文学与新中国成立后的当代文学连接在一起，是中国新文学发展环节中的关键一环。

"延安文学"的概念界定经历了学界不同的声音，本书所指的延安文学是广义的延安文学，由丁玲等作家在20世纪80年代中期提出。丁玲等人认为，延安文学是抗战时期，在党中央和毛泽东直接关怀下，向人民学习、和人民一起共同斗争的结果，是整个革命事业的一部分，它不仅仅局限于延安地区、局限于抗战时期。因此，不能把它看小了、看窄了。广义的延安文学是将延安文学的内涵和外延都做了扩展，同时广义的延安文学和解放区文学以及新中国文学都有了更加具有逻辑线条的链接，甚至有学者提议将"解放区文学"更名为"延安文学"。

在中国新文学的发展历史当中，延安文学的形成和发展是最大的文学实践和文化实践之一，中国现当代文学源自五四前后，然而，中国现当代文学某些传统是经由延安这一特定时期的文学在1949年后通过其强有力的体制化渗透、改写和重塑而形成的。延安是现代中国的革命圣地，延安文学诞生在中国革命最艰苦的岁月，在中国革命文学与文学现代化的征途当中，充当了至关重要的角色。

延安文学的问题往往既是文学问题，也是文化问题，这种复合性特征说明延安文学不是单纯地源于和停止于文学层面。如果说，西方现代性话语在中国"五四"理论旅行的结果是使中国现代知识建构出一套旨在改造国民灵魂、扫除封建积弊的启蒙主义西方话语系统，那么经过整风后的延安文人遵循着毛泽东指示，走一条与工农兵相结合的道路，承担了建构现代民族国家的本土话语体系的任务。延安文人在从"借用"民间形式、"改造"民间形式到"再造"民间形式的过程中，戏剧（戏曲）成为延安文艺中极富有生气、极为活跃的文艺门类之一，小说在延安文学的各门类中占有突出的位置，成为延安文人"想象"边区的新天地、新农民、新主题的重要表现方式。这些文学工作都是前人所未曾做过的。延安文人承担起了一个时代赋予的历史使命。

二、延安文学翻译的历史及现状

鉴于延安文学所提供的强大的动力资源和精神系统，延安文学作家作品成为世界文学的重点研究对象之一，大量延安文学作品被翻译成英语，大量与延安相关的英语文献资料也被翻译成中文。

延安时期中国共产党以鲜明的马克思列宁主义政治立场影响和召集了大批优秀知识分子来到延安，参与到翻译工作中来，并成立了专门的翻译、出版以及发行机构，以确保翻译作品的广泛传播。延安时期译介作品的传播主要依靠图书、报纸和广播等传统媒介。延安时期的译介作品通过解放社的出版发行和《解放日报》的刊登介绍得到了广泛有效的传播，为马列主义的阅读与传播做出了重要的贡献。解放社负责马列译著等图书的出版，《解放日报》负责刊登马列著作相关译作、外国文学作品及国际新闻译作。延安时期马列译著在解放社一经出版，就成为延安各大学及党校的教材和学习材料，也是共产党员的必读书目，满足了共产党员和青年学生学习研究马克思主义的需求。《解放日报》是延安时期发行时间最长、阅读影响力最大的报纸。《解放日报》第三版开设了专门刊登马列著作相关内容的版块，以满足读者学习马列主义的需求。延安时期马列著作在强烈的政治学习需求和党中央的坚强领导与政策支持下，得到了广泛的阅读与传播，其阅读与传播效果极为显著。《解放日报》第四版刊登的外国文学作品，内容涉及戏剧、诗歌、文艺理论等方面，使延安的党员干部、知识分子、青年学生了解了国外的历史与文化，受到了外国优秀文化的熏陶，开阔了视野眼界，提高了文化素养。《解放日报》刊登的国际新闻以报告文学作品为主，其篇幅短小精悍、内容通俗易懂，在翻译过程中多采用大众化的语言和叙事方式，使不同阅读群体，尤其是普通大众了解了当时的国际局势与二战战况，满足了文化素质较低的普通工农兵大众的学习阅读渴望。因此，延安时期文学译作和国际新闻译作也得到了广泛的阅读与传播。

延安时期中共中央围绕中国革命的需求成立了翻译机构，制定了翻译政策，培养了一批懂政治、会外语的优秀译者及外

第五章 直接翻译与间接翻译在延安文学作品翻译中的统一

交人才,产出了一些翻译作品。这一系列的翻译活动都与党在延安时期的政治任务、宣传任务和外事交流的需求相关,所以延安时期的翻译起到了对外和对内宣传的双重作用,具有重要的价值和意义。首先,延安时期翻译机构的成立使中国争取国际话语权成为可能。延安时期马列著作翻译机构和外事外交翻译机构是在特定的战争语境中成立的,自然具有红色政治翻译与革命翻译特质,作为一种有力的宣传工具和武器,在当时的政治宣传与外事外交中发挥了独特的作用。其次,延安时期翻译人才的培养不仅解决了战时翻译人员短缺问题,而且为新中国储备了外交翻译人才。延安时期外语翻译人才的培养和外语教育实践对我国外语教育事业的发展起到了推进作用。最后,延安时期的翻译作品有效地对内宣传了马列主义思想,对外宣传了中国共产党的政策和延安的建设情况,不仅对人民大众进行了宣传教育,还用马列思想统一了军队和人民思想,坚定了人民的抗战决心和意志。总之,延安时期的"红色"翻译使中国共产党对外扩大了国际影响力,对内赢得了人心和社会各界的赞誉,正是这些翻译实践给延安打开了一个窗口,延安了解世界的同时,也让世界更了解延安。

1949年中华人民共和国成立,标志着中国文学对外翻译进入了一个新时期。延安文学外译活动伴随着新中国的成立而发展,中国作为新生的民族国家主动对外翻译介绍本国文学作品,以响应现代民族国家建构的诉求和召唤,在国际社会舞台上实现自我形象的塑造。此时,中国文学对外翻译的方式发生了根本性转变，从近代以个体为主导的翻译方式转变到1949年后以国家机构为主导的翻译模式。1949年10月，中央人民政府新闻总署国际新闻局（简称国际新闻局）成立后，即开始以外文出版社的名义出版外文版图书。1952年国际新闻局正式改组为外文出版社，专门从事对外书刊的宣传，编译出版外文版书刊，旨在加强外国文字宣传，而文学作品的对外翻译成为国家对外宣传的重要组成部分。1951年创刊的英文版《中国文学》(Chinese Literature)成为对外翻译中国文学的专门刊物，也是在相当长时间内中国内地唯一一份翻译中国文学作品的综合性刊物。这种在新中国成立之初首开先河的国家机构翻译中国文学的模式一直延续至今，尽管其间经历2001年《中国文学》停刊，但国家机构支持的中国文学对外翻译活动不仅一直没有中断，而且随着近年来有关中国文学走出国门的呼声日益高涨，更多大规模的对外翻译项目已经完成或正在如火如荼地进行当中。

在中外翻译工作者的努力下，延安文学作品英译取得了很大的进展。以丁玲作品译介为例，丁玲（1904—1986）在她的文学生涯中创作了300多部作品，作为中国女性作家，丁玲在英语学界有着深远的影响力。英语学界将丁玲定义为20世纪最著名的中国作家之一，并认为丁玲是延安文化界最有影响力的人物之一。丁玲作品的英译版本被大量收入西方文学期刊及中国文学英译文选中。

1974年，以撒·哈罗德·罗伯特（Isaacs, Harold Robert）

主编的《草鞋：1918—1933年的中国短篇小说集》(Straw Sandals: Chinese Short Stories, 1918-1933, 1974) 由剑桥麻省理工学院出版社出版, 其中收入丁玲的两篇作品《莎菲女士的日记》(Miss Sophie's Diary) 和《某夜》(A Certain Night); 1984年, 杨宪益夫妇译著《太阳照在桑干河上》英译单行本(The Sun Shines over The Sanggan River, 1984) 由北京外文出版社出版; 1985年,《熊猫丛书》(Panda Books) 出版了詹纳尔 (W. J. F. Jenner) 翻译的《莎菲女士的日记和其他故事》(Miss Sophie's Diary and Other Stories, 1985), 其中包含《莎菲女士的日记》(Miss Sophie's Diary)、《一九三〇年春上海(二)》(Shanghai in the Spring of 1930(2))、《从夜晚到天亮》(From Dusk to Dawn)、《某夜》(A Certain Night)、《我在霞村的时候》(When I Was in Xia Village) 等众多丁玲作品; 1989年, 美国莱斯大学(Rice University) 教授塔妮·白露(Tani Barlow) 和乔布什(GaryJ. Bjorge) 合译了丁玲小说选集《我自己是女人》(I Myself Am a Woman: Selected Writings of Ding Ling, 1989), 该书在波士顿灯塔新闻出版社出版; 2007年, 塔妮·白露(Tani Barlow)《柔弱的力量：中国革命的四个故事》(The Power of Weakness: Four Stories of the Chinese Revolution, 2007) 一书由美国纽约市立大学女权主义出版社出版, 其中收录三篇丁玲的作品: 《新的信念》(New Faith)、《三八节有感》(Thoughts on March 8) 以及《我在霞村的时候》(When I Was in Xia Village); 2011年华盛顿大学出版社出版了《记录中国: 二十世纪经典著

作阅读》(*Documenting China*: *A Reader in Seminal Twentieth-century Texts*, 2011), 该书作为文学教材, 收录了丁玲的《三八节有感》以及王实味的《野百合花》作为"整风运动"的主要文献。

根据美国 OCLC Worldcat 数据库资料, 截至 2021 年 11 月, 丁玲作品中传播范围最广的是以下两部：1. 1974 年版, 由以撒·哈罗德·罗伯特 (Isaacs, Harold Robert) 主编的《草鞋：1918—1933 年的中国短篇小说集》(*Straw Sandals*: *Chinese Short Stories*, 1918-1933, 1974), 由 588 个 Worldcat 会员图书馆馆藏；2.《太阳照在桑干河上》(*The Sun Shines Over the Sanggan River*), 从 1948 至 2018 年用 5 种语言共发行了 144 个版本, 由 532 个 Worldcat 会员图书馆馆藏。

然而, 需要指出的是, 面对延安文学译介的种种努力, 目前西方读者对延安文学的关注度明显不足, 延安文学的译介困境主要与以下三个原因相关：首先是学界对延安文学的否定倾向。20 世纪 80 年代以来中西方中国现当代文学研究界在西方启蒙话语的影响下, 普遍认为延安文学作品是政治的附庸, 缺乏文学价值, 延安文学外译随之也一并地遭到否定；其次, 翻译研究大多关注目标语社会主动发起和生成的翻译现象或活动, 而较少对源语社会出现的翻译现象或活动投以关注, 导致延安文学在海外遇冷的情况, 进而影响了延安文学国内译介的努力；最后, 国外研究史料的匮乏, 也进一步阻碍了延安文学译介领域的研究和探讨。

翻译是延安文学乃至中国现当代文学走出国门的第一步,

第五章 直接翻译与间接翻译在延安文学作品翻译中的统一

本章从埃德加·斯诺(Edgar Snow)《红星照耀中国》(Red Star Over China)的董乐山中文译本、毛泽东诗词英译本、周扬《文学与生活漫谈》译本及《小二黑结婚》译本中选出典型例证,在关联翻译理论的指导下进行译文的关联解读,探究直接翻译与间接翻译两种翻译策略如何在延安文学翻译作品中取得平衡并完美共存,以探索中国现当代文学步入世界文学之林的路途中翻译策略的选择问题。

第二节 直接翻译与延安文学译本"信度"

直接翻译是关联翻译理论中的一个重要概念,意在保留交际者的"交际线索",以便引导读者了解交际者的意图,从而获得最佳关联。在延安文学作品翻译中,直接翻译的使用是一种有效方法,《红星照耀中国》的董乐山中文译本以及毛泽东诗词英译本的例证说明,在语境评估的基础上,直接翻译不仅传递了最佳关联性,也兼顾了延安文学作品翻译的"信度"。

《西行漫记》,原名《红星照耀中国》(Red Star Over China),是美国著名记者埃德加·斯诺(Edgar Snow)的纪实文学作品,于1937年10月由戈兰茨公司在伦敦首次出版,很快在世界引起巨大轰动,1938年2月在上海出版中译本时,由于当时抗日战争已经开始,考虑到联合统一战线等情况,书名改为《西行漫记》。

《西行漫记》是一部文笔优美、纪实性很强的报道性作品,不仅在政治意义上取得了极大的成功，而且在报告文学创作的艺术手法上也成为同类作品的典范。实际上，这部纪实经典在国内的出版可谓历尽坎坷，从1938年到新中国成立以后，曾出现过"复社《西行漫记》""史家康《长征25000里》""亦愚《西行漫记》"等多个中文译本以及众多的节译本、选译本。而本书最著名、流传最广、也最准确的译本是董乐山先生于1979年翻译出版的《红星照耀中国》，也是本文研究的译本。1976年，董先生受到三联书店的邀约，原本是想在旧版译本的基础上做修订工作，最后却选择历时三年，耗费大量时间和精力，全面重译了这部经典。

董乐山中译本出版后，在中国产生了巨大的反响。该译本不仅第一次按照斯诺的英文原稿译出《红星照耀中国》，而且还增译了"那个外国智囊"一节，还原了斯诺原稿共12章、总计57节。此外，董乐山还极为仔细地校正了英文原稿中出现的地名、人名、中文文献名的拼写错误及书中与史实明显违背之处。在这一版中，董乐山重新翻译了英文书名，恢复原书名《红星照耀中国》。董乐山的译本不仅是《红星照耀中国》在中国流传数十年来国内最忠实于原著的崭新全译本，从某种意义上说也是一部具有里程碑性质的译本。

董乐山主要采用直接翻译的方法，准确译介并传达了作者自1936年6月至10月在中国西北革命根据地（以延安为中心的陕甘宁边区）进行实地采访的所见所闻，向全世界真实报道了中国和中国工农红军以及许多红军领袖、红军将领的情况，

第五章 直接翻译与间接翻译在延安文学作品翻译中的统一

其中毛泽东和周恩来等是斯诺笔下最具代表性的人物形象。成千上万个中国青年因为读了《红星照耀中国》，纷纷走上革命道路。

例(1)

原文：

Slow train to "western peace"

My immediate destination was **Sianfu** — which means "Western Peace". Sianfu was the capital of Shensi province, it was two tiresome days and nights by train to the southwest of Peking, and it was the western terminus of the Lunghai railway. From there I planned to go northward and enter the soviet districts, which occupied the very heart of Ta Hsipei, China's Great Northwest. Lochuan, a town about one hundred fifty miles north of Sianfu, then marked the beginning of **Red territory** in Shensi. Everything north of it, except strips of territory along the main highways, and some points which will be noted later, was already **dyed Red**. With Lochuan roughly the southern, and the Great Wall the northern, extremities of **Red control** in Shensi, both the eastern and western Red frontiers were formed by the Yellow River. Coming down from the fringes of Tibet, the wide, muddy stream flows northward through Kansu and Ninghsia, and above the Great Wall into the province of Suiyuan — Inner Mongolia. Then

135

after many miles of uncertain wandering toward the east it turns southward again, to pierce the Great Wall and from the boundary between the provinces of Shensi and Shansi.

It was within this great bend of China's most treacherous river that the soviets then operated — in northern Shensi, northeastern Kansu, and southeastern Ninghsia. And by a strange sequence of histoty this region almost corresponded to the original confines of the birthplace of China. Near here the Chinese first formed and unified themselves as a people, thousands of years ago.

(Edgar Snow)

译文：

去西安的慢车

而我的第一个目的地就是**西安府**。这个地名有"西方平安"的意思，是陕西省的省会，要从北平向西南坐两天两夜劳累的火车，才能到达陇海路西段的这个终点站。我的计划是从那里向北走，进入位于大西北中心的苏区。在西安府以北大约150英里的一个市镇——洛川——当时是陕西**红区**的起点。洛川以北的地区，除了公路干线两旁的几个狭长地段以及下文将要提到的几个地点外，已经全部**染红**了。大致说来，陕西红军控制的地区南到洛川，北到长城；东西两边都以黄河为界。那条宽阔的浊流从西藏边缘往北流经甘肃和宁夏，在长城北面进入内蒙古的绥远省，然后曲曲折折地向东流行许多英里，又折而向南，穿过长城而构成陕西、山西两省的分界线。

第五章 直接翻译与间接翻译在延安文学作品翻译中的统一

当时苏维埃活动的地方，就在中国这条最容易闹灾的河流的这个大河套里——陕西北部，甘肃东北部和宁夏东南部。这个区域同中国诞生地的最初疆界差不多相符，真可谓历史的巧合。数千年前，中国人当初就是在这一带形成统一的民族的。

(董乐山 译)

该段翻译采用了直接翻译的方式，其中有两点是值得我们研究的，一是关于"西安府 Sianfu"的翻译，二是关于"红 Red"字的翻译。首先，董乐山翻译《红星照耀中国》时为 1979 年，当时该地称为"西安"，西安在明清时为陕西省省会，"西安府"是明朝时设置的府，董乐山坚持忠实于原著，按照 Sianfu 一词的汉语拼音将该地地名译为"西安府"，还原了原著的风貌，使译文颇具历史感。第二点是有关于"红"字的翻译，原文中涉及"Red"一词的组合有"Red territory""Red control"以及"dyed Red"，分别译为"红区""红军控制的地区"以及"染红了"。其中"红区""红军控制的地区"都很好理解，而"染红了"一词出现在句子"洛川以北的地区，除了公路干线两旁的几个狭长地段以及下文将要提到的几个地点外，已经全部**染红了**"中，这样直接翻译不仅体现了原作者斯诺对于"红"字准确的理解，也形象地传达出了"洛川以北的地区"被红军控制，逐渐"染红"的风貌。

例(2)

原文：

Soviet Strong Man

Mao's food was the same as everybody's, but being a Hunanese he had the southerner'ai la, or "love of pepper". He even had pepper cooked into his bread. Except for this passion, he scarcely seemed to notice what he ate. One night at dinner I heard him expand on a theory of pepper—loving peoples being revolutionaries. He first submitted his own province, Hunan, famous for the revolutionaries it has produced. Then he listed Spain, Mexico, Russia, and France to support his contention, but laughingly had to admit defeat when somebody mentioned the well-known Italian love of red pepper and garlic, in refutation of his theory. One of the most amusing songs of the "**bandits**", incidentally, was a ditty called "The Hot Red Pepper". It told of the disgust of the pepper with his pointless vegetable existence, waiting to be eaten, and how he ridiculed the contentment of cabbages, spinach, and beans with their invertebrate careers. He ends up by leading a vegetable insurrection. "The Hot Red Pepper" was a great favorite with Chairman Mao.

I found him surprisingly well informed on current world politics. Even on the Long March, it seems, the Reds received news broadcasts by radio, and in the Northwest they published their own newspaper. Mao was exceptionally well read in world history and had a realistic conception of European social and political conditions. He was very interested in the Labour Party of England, and questioned me intensely about its present policies, soon exhausting all my information. It seemed to me that he found it difficult fully to understand why, in a country where workers were enfranchised, there was still no workers' government. I was afraid my answers did not satisfy him. He expressed profound contempt for Ramsay MacDonald, whom he designated as a **"han chien"** — an archtraitor of the British people.

Mao was an ardent student of philosophy. Once when I was having nightly interviews with him on Communist history, a visitor brought him several new books on philosophy, and Mao asked me to postpone our engagements. He consumed those books in three or four night of intensive reading, during which he seemed oblivious to everything else. He had not confined his reading to Marxist philosophers, but also knew something of the ancient Greeks, of Spinoza, Kant, Goethe, Hegel, Rousseau, and others.

（Edgar Snow）

译文：

苏维埃掌权人物

毛泽东的伙食也同每个人一样，但因为是湖南人，他有着南方人"爱辣"的癖好。他甚至用辣椒夹着馒头吃。除了这种癖好之外，他对于吃的东西就很随便。有一次吃晚饭的时候，我听到他发挥爱吃辣的人都是革命者的理论。他首先举出他的本省湖南，就是因产生革命家出名的。他又列举了西班牙、墨西哥、苏联和法国来证明他的说法，可是后来有人提出意大利人也是以爱吃红辣椒和大蒜出名的例子来反驳他，他又只得笑着认输了，附带说一句，"赤匪"中间流行的一首最有趣的歌曲叫《红辣椒》，它唱的是辣椒对自己活着供人吃食没有意义感到不满，它嘲笑白菜、菠菜、青豆的浑浑噩噩、没有骨气的生活，终于领导了一场蔬菜的起义。这首《红辣椒》是毛主席最爱唱的歌。

我发现他对于当前世界政治惊人的熟悉。甚至在长征途上，红军似乎也收到无线电新闻广播。在西北，他们还出版着自己的报纸。毛泽东熟悉世界历史，对于欧洲社会和政治的情形，也有实际的了解。他对英国的工党很感兴趣，详尽地问我关于工党目前的政策，很快就使我答不上来了。他似乎觉得很难理解，像英国那样，工人有参政权的国家，为什么仍没有一个工人的政府。我的答案恐怕并没有使他满意。他对于麦克唐纳表示极端的蔑视，他说麦克唐纳是个"汉奸"——即英国人民的头号叛徒。

毛泽东是个认真研究哲学的人。我有一阵子每天晚上都去见他，向他采访共产党的党史，有一次一个客人带了几本哲学新书来给他，于是毛泽东就要求我改期再谈。他花了三四夜的功夫专心读了这几本书，在这期间，他似乎是什么都不管了。

第五章 直接翻译与间接翻译在延安文学作品翻译中的统一

他读书的范围不仅限于马克思主义的哲学家,而且也读过一些古希腊哲学家斯宾诺莎、康德、歌德、黑格尔、卢梭等人的著作。

(董乐山 译)

这段译文中,斯诺描述了毛泽东的生活习惯和阅读习惯,其中关于细节的描写尤为引人入胜。斯诺对中国语言文化的熟悉程度也表现在其写作中经常用到很多的中国拼音来指代事物,在该章节中,斯诺在提及毛泽东爱吃辣时,使用了 **ai la** 一词,即"爱辣",又比如,在提及麦克唐纳时,他说麦克唐纳是个 **"han chien"**,即"汉奸",这样的描述让毛泽东爱憎分明的形象跃然纸上。董乐山对上述内容也是采用了直接翻译的方式,完全尊重原文作者的写作风格,还原了原著的精神,也通过斯诺对中文的熟知展现出斯诺与毛泽东深厚的友谊和亲密的关系。译文将 **"bandits"** 一词翻译为"赤匪",更是生动地表明了斯诺对红军和当时国内形势的准确把握。

例(3)

原文:

Concerning Chu Teh

Chu Teh's devotion to his men was proverbial. Since assuming command of the army he had lived and dressed like **the rank and file**, had shared all their hardships, often going without shoes in

141

the early days, living one whole winter on squash, another on yak meat, never complaining, rarely sick. He liked to wander through the camp, they said, sitting with the men and telling stories, or playing games with them. He played a good game of table tennis, and a "wistful" game of basketball. Any soldier in the army could bring his complaints directly to the commander-in-chief. Chu Teh took his hat off when he addressed his men. On the Long March he lent his horse to tired comrades, walking much of the way, seemingly tireless.

Popular myths about Chu Teh were said to credit him with miraculous powers: the ability to see 100 li on all sides, the power to fly, and the mastery of Taoist magic, such as creating dust clouds before an enemy, or stirring a wind against them. Superstitious folk believed him invulnerable, for had not thousands of bullets and shells failed to destroy him? Others said he had the power of resurrection, for had not the Kuomintang repeatedly declared him dead, often giving minute details of the manner in which he expired? Millions knew the name Chu Teh in China, and to each it was a menace or a bright star of hope, according to his status in life, but to all it was a name imprinted on the pages of a decade of history.

(Edgar Snow)

译文：

关于朱德

朱德对部下的爱护是众所周知的。自从担任红军总司令以后，他在生活和穿着上就**与普通战士**一模一样，同甘共苦，早期常常没有鞋子穿，整整一个冬天靠番瓜充饥，另外一个冬天则靠牦牛肉度过，从来没有怨言，很少生病。他们说，他喜欢在营里转，与战士们坐在一起讲故事，或与他们一起打球。他乒乓球就打得很好，对篮球也特别"上瘾"。军中的士兵不管谁都能直接将自己的不满告诉总司令。朱德向战士们讲话时总是摘下帽子，在长征途中，他曾经将自己的马让给疲惫的同志，徒步走过了大部分路途，却没有疲惫的意思。

军中流传的关于朱德的各种神话为他增添了不可思议的力量：能够向四面八方看100里，能上天飞翔，精通道教法术，比如在敌人面前制造尘云，或者激起一阵狂风来对付他们。迷信的人相信他刀枪不入，不是有成千上万发子弹和炮弹都没有打倒他吗？也有人说他有死而复生的能力，国民党不是一再宣布他已经死亡，常常还有板有眼地描述他断气的样子吗？在中国，数以百万计的人都知道朱德这个名字，有的把他看成是一种威胁，有的把他看成是一颗明亮的希望之星，这要看每个人在生活中的地位，但是对所有人来说这都是一个在十年史册上不可磨灭的名字。

（董乐山 译）

"the rank and file"在英语中是有出处的,在阅兵场上,rank是指并排而立的一行,file是指前后成队的一列,所以"the rank and file"就是指方阵列队的整体,通常指民众、老百姓和普通成员。这里董乐山将这个习语直接翻译为"普通战士",很贴合原文的风格。"100 li"直接翻译为"100 里",不仅让汉语读者觉得亲切,也侧面说明原文作者斯诺对中国的了解和熟悉。同时该段话对于朱德的描写丝丝入扣、生动形象,董乐山的直接翻译完全再现了原作的风采。

例(4)

原文:

What were the Chinese communists like?

What were the Chinese Communists like? In what way did they resemble, in what way they unlike, Communists or Socialists elsewhere? The tourist asked if they wore long beards, made noises with their soup, and carried homemade bombs in their briefcases. The seriousminded wanted to know whether they were "genuine" Marxists. Did they read *Capital* **and the works of Lenin? Had they a thoroughly Socialist economic program? Were they Stalinites or Trotskyites? Or neither? Was their movement really an organic part of the World Revolution? Were they true internationalists? "Mere tools of Moscow", or primarily nationalists struggling for an independent China?**

第五章　直接翻译与间接翻译在延安文学作品翻译中的统一

Who were these warriors who had fought so long, so fiercely, so courageously, and — as admitted by **observers of every color**, and privately among Generalissimo Chiang Kai-shek's own followers — on the whole so invincibly? What made them fight like that? What held them up? What was the revolutionary basis of their movement? What were the hopes and dreams that had made of them the incredibly stubborn warriors — incredible compared with the history of compromise that is China — who had endured hundreds of battles, blockade, salt shortage, famine, disease, epidemic, and finally the Long March of 6,000 miles, in which they crossed twelve provinces of China, broke through thousands of Kuomintang troops, and triumphantly emerged at last into a new base in the Northwest?

(Edgar Snow)

译文:

中国共产党人究竟是什么样的人?

中国共产党人究竟是什么样的人?他们同其他地方的共产党人或社会党人有哪些地方相像,哪些地方不同?**旅游者问的是,他们是不是留着长胡子,是不是喝汤的时候发出咕嘟咕嘟的响声,是不是在皮包里夹带土制炸弹。**认真思索的人想知道,他们是不是"纯正的"马克思主义者。他们读过《资本论》和列宁的著作没有?他们有没有一个彻底的社会主义经济纲领?他们的运动真是世界革命的一个有机的国际主义者吗?还

"不过是莫斯科的工具",或者主要是为中国的独立而斗争的民族主义者?

　　这些战士斗争得那么长久,那么顽强,那么勇敢,而且——正如**各种色彩的观察家**所承认的,就连蒋介石司令自己的部下私下也承认的——从整体说来是那么无敌,他们到底是什么样的人?是什么使他们那样地战斗?是什么支持着他们?他们的运动的革命基础是什么?是什么样的希望,什么样的目标,什么样的理想,使他们成为顽强到令人难以置信的战士的呢?说令人难以置信,是同中国的那部充满折中妥协的历史比较而言的,但他们却身经百战,经历过封锁、缺盐、饥饿、疾病、瘟疫,最后还有那6000英里的历史性长征,穿过中国的12个省份,冲破千千万万国民党军队的阻拦,终于胜利地出现在西北的一个强大的新根据地上。

(董乐山 译)

　　这段文字是充满力量的,字里行间充满了斯诺的疑问和强有力的解答,这段文字在董乐山的笔下,依然充满力量。直接翻译的方式诠释了斯诺注入文字中的生命力:"旅游者问的是,他们是不是留着长胡子,是不是喝汤的时候发出咕嘟咕嘟的响声,是不是在皮包里夹带土制炸弹",这段译文活力四射,共产党人在旅行者想象中的形象让人捧腹,斯诺的原文在董乐山的笔下百分百被还原了。"observers of every color"被直接翻译成"各种色彩的观察家",最大化保留了原著留给读者的想象空间,既可以表示各色不同的人种,也表示各色不同的政治立场的人,等等。董乐山译本的成功很大程度在于直接翻译所保留的交际线索和让读者在处理努力中体会到的阅读乐趣,即文本的语境效果的最大化。

例(5)

原文:

I spent my first night in Red territory

"Down with the landlords who eat our flesh!"

"Down with the militarists who drink our blood!"

"Down with the traitors who sell China to Japan!"

"Welcome the United Front with all anti-Japanese armies!"

"Long live the Chinese Revolution!"

"Lone live the Chinese Red Army!"

It was under these somewhat disturbing exhortations, emblazoned in bold black characters, that I spent my first night in Red territory.

But it was not in An Tsai and not under the protection of any Red soldiers. For, as I had feared, we did not reach An Tsai that day, but by sunset had arrived only at a little village that nestled in the curve of a river, with hills brooding darkly on every side. Several layers of slate-roofed houses rose up from the lip of the stream, and it was on their mud-brick walls that the slogans were

147

chalked. Fifty or sixty peasants and staring children poured out to greet my caravan of one donkey. (Edgar Snow)

译文:

我在红区度过的第一夜

"打倒吃我们肉的地主!"

"打倒喝我们血的军阀!"

"打倒把中国出卖给日本的汉奸!"

"欢迎一切抗日军队结成统一战线!"

"中国革命万岁!"

"中国红军万岁!"

我就是在这些用醒目的黑字写的,多少有些令人不安的标语下面度过我在红区的第一夜的。

但是,这不是在安塞,也不是在任何红军战士的保护之下,因为,不出我的所料,我们当天并没有到达安塞,到太阳下山的时候,我们才走到一个坐落在河湾上的小村庄,四周都是阴森森地俯瞰着的山峦。**有好几排石板屋顶的房子从溪口升起,标语就写在这些房子的土坯墙上。**五六十个农民和目不转睛的儿童,涌出来迎接我们这个只有一匹驴子的旅队。

(董乐山 译)

这段话形象地描述了作者在红区度过的第一夜,原文节奏明快,叙述有力,在董乐山直接翻译的策略下,原文的风采完全被保留下来:"Down with the landlords who eat our

第五章 直接翻译与间接翻译在延安文学作品翻译中的统一

flesh!" "Down with the militarists who drink our blood!"直接翻译为"打倒吃我们肉的地主""打倒喝我们血的军阀";"Several layers of slate-roofed houses rose up from the lip of the stream, and it was on their mud-brick walls that the slogans were chalked"直接翻译为"有好几排石板屋顶的房子从溪口升起,标语就写在这些房子的土坯墙上"。将红区人民的生活鲜活地展现在读者面前。

例(6)

原文:

《七律·长征》

红军不怕远征难,

万水千山只等闲。

五岭逶迤腾细浪,

乌蒙磅礴走泥丸。

金沙水拍云崖暖,

大渡桥横铁索寒。

更喜岷山千里雪,

三军过后尽开颜。

(毛泽东)

译文:

The Red Army, never fearing the challenging Long March,
Looked lightly on the many peaks and rivers.

Wu Ling's Range rose, lowered, rippled,

And green-tiered were the rounded steps of Wu Meng.

Warm-beating the Gold Sand River's waves against the rocks,

And cold the iron-chain spans of Tatu's bridge.

A thousand joyous li of freshening snow on Min Shan,

And then, the last pass vanquished, Three Armies smiled!

(Edgar Snow)

  毛泽东诗词在美国的译介最早始于美国记者埃德加·斯诺在《红星照耀中国》一书中翻译的这首《七律·长征》(*Long March*),该诗采用了直接翻译的方法。《七律·长征》中"红军不怕远征难,万水千山只等闲"(The Red Army, never fearing the challenging Long March, Looked lightly on the many peaks and rivers.)书写了一段"世界闻所未闻"的壮美磅礴的战争景象;"五岭逶迤腾细浪,乌蒙磅礴走泥丸"(Wu Liang's Range rose, lowered, rippled, And green-tiered were the rounded steps of Wu Meng.)展现了红军勇敢无畏的斗争精神;"更喜岷山千里雪,三军过后尽开颜"(A thousand joyous li of freshening snow on Min Shan, And then, the last pass vanquished, Three Armies smiled!)刻画了毛泽东所领导的革命队伍在战斗胜利后的万丈豪情。1937年,随着埃德加·斯诺《红星照耀中国》在美国的畅销,"长征"成为美国学界军事审美研究的第一个意象。斯诺评价道:"不论命运使这些红军颠沛流离到什么想象不到的地方,……他们给穷人和受压迫者带来了必须行动起来的新信念,……长征的大规模转移成就了历史上最盛大的武装巡回宣传(Armed propaganda tour)。"虽然,在当时的时代背景下,很多传记作品在美国被冠以"亲共"的名号遭到质疑,然而斯诺作为亲历者所创作的《红星照耀中国》却在美国获得了极大的成功,直接翻译的《七律·长征》以恢宏的气势从审美角度赋予了"长征"伟大、悲壮的崇高美。

以下两首毛泽东诗词取自诗人袁水拍主持,有关人员集体翻译的《毛泽东诗词》英译本,组员有乔冠华、钱锺书、叶君健。1963年12月起,组员增加了赵朴初,另请英语专家苏尔·艾德勒协助润色工作。1974年秋开始做最后的定稿工作。1976年5月1日,《毛泽东诗词》的英译本终于在北京正式出版。

例(7)

原文:

菩萨蛮·黄鹤楼

一九二七年春

茫茫九派流中国,
沉沉一线穿南北。
烟雨莽苍苍,
龟蛇锁大江。

黄鹤知何去,

剩有游人处。

把酒酹滔滔,

心潮逐浪高!

译文:

YELLOW CRANE TOWER

——to the tune of Pu Sa Man

Spring 1927

Wide, wide flow the nine streams through the land,

Dark, dark threads the line from south to north.

Blurred in the thick haze of the misty rain

Tortoise and Snake hold the great river locked.

The yellow crane is gone, who knows whither?

Only this tower remains a haunt for visitors.

I pledge my wine to the surging torrent,

The tide of my heart swells with the waves.

《菩萨蛮·黄鹤楼》是毛泽东于 1927 年创作的一首词。1927 年左右,中国正值多事之秋,大革命处于低潮时期,北伐虽然获得了一些胜利，但军阀及各种势力依然存在。《菩萨蛮·黄鹤楼》是在蒋介石总揽大权、积极反共的背景下创作的，该词表达了毛泽东对于他所处的时代的沉郁抱负和热切期待，也写出了对革命前途的焦虑、对未来的信心以及对革命抱有坚定信念的乐观。

例(8)
原文：

清平乐·蒋桂战争
一九二九年秋

风云突变，
军阀重开战。
洒向人间都是怨，
一枕黄粱再现。

红旗跃过汀江，
直下龙岩上杭。
收拾金瓯一片，
分田分地真忙。

译文：

THE WARLORDS CLASH
—to the tune of Ching Ping Yueh
Autumn 1929

Sudden veer of wind and rain
Showering misery through the land,
The warlords are clashing anew—
Yet another Golden Millet Dream.

Red banners leap over the Ting River
Straight to Lungyen and Shanghang.
We have reclaimed part of the golden bowl
And land is being shared out with a will.

1927年国民党新旧军阀在帝国主义支持下为了争夺地盘，扩大势力，相互之间进行了近十次的激烈混战。1929年4月爆发的蒋桂战争就是其中较为突出的一例。军阀内讧，使得江西境内敌人兵力空虚，毛泽东不失时机地于4月1日回师赣南开展游击战争，巩固和扩大了赣南苏区，9月21日拂晓占领上杭，闽西苏区得到了巩固和扩大。毛泽东这首《清平乐·蒋桂战争》就是在红军占领上杭之后，开展轰轰烈烈的革命运动时写的。全词46字，形象地体现了毛泽东根据半殖民地半封建社会的中国国情，利用白色政权自相残害的分裂和战争，实行工农武装割据，建立和巩固扩大红色革命根据地的宏伟蓝图。

袁水拍当年翻译毛泽东诗词是作为一个政治任务来完成的，《菩萨蛮·黄鹤楼》和《清平乐·蒋桂战争》的译文被严格要求准确传递原文的信息，两首词都采用了直接翻译的方法，袁水拍的这个版本可说是毛泽东诗词最权威的译本。然而，词中一些文化蕴含较丰富的词汇在直接翻译后似乎很难让译语读者领会毛泽东诗词所要表达的深刻的思想内涵。比如，《菩萨蛮·黄鹤楼》中"黄鹤知何去，剩有游人处"巧用典故，由仙人乘鹤归去引出黄鹤楼，该句译为："黄鹤不见了，谁知道去了哪里？只有这座塔仍然是游客常去的地方。The yellow crane is gone, who knows whither? Only this tower remains a haunt for visitors."在直接翻译的情况下，译文没有添加辅助信息，没能突显毛泽东诗词隐含的典故。再比如，《清平乐·蒋桂战争》中"洒向人间都是怨，一枕黄粱再现"一句化用了"黄粱美梦"这一典故，译文是"军阀们正在重新发生冲突——又一个金色小米梦。The warlords are clashing anew—Yet another Golden Millet Dream.""Golden Millet Dream"在英文中是"金色小米的梦"，译文并没有给出进一步解释，这样的直接翻译不仅不能展现原作风采，在没有充分考量译入语语境的情况下，译本会使读者对原文意图产生曲解或者误读。

第三节　间接翻译与延安文学译本"变异"

间接翻译是翻译史的一个重要现象，普遍存在于翻译实践之中。直接翻译保留了译本的"信度"，但是由于不同语言具有各自特点及文化的差异，有时很难做到内容与形式的统一。因此，还须根据外文及译语的习惯，联系上下文，从整体上看它是否正确地表达了原作的内容和风格。随着20世纪80年代翻译研究的"文化转向"，间接翻译打破译界"忠实"和"对等"的最高判断标准，学界开始从历史社会文化层面考察间接翻译的价值以及其产生的原因。

间接翻译在延安文学翻译中的应用是一个复杂的实践过程，并直接导致了延安文学的"变异"。延安文学译本是世界文学的一部分，变异学认为，世界文学的作品本质上是翻译文学，即，世界文学作品是由译本构成的，是融合了源语文化与译语文化的混杂共生作品。世界上没有一种语言对于另一种语言来说是具有完全对等的语义功能的。本雅明指出，翻译作品不可能和原作等同，原作在翻译的过程中已经发生了变化，因此，不能将延安文学翻译作品看作简单语言技术的转换，延安文学话语在进入实践层面时，既包含了对目的语文化的尊重，也会传达特定的译入语的民族倾向和区域立场，因此进入世界文学场域的延安文学是一个复数的存在。当延安文学作品从一种文化经历语言译介的过滤进入另一种文化后，在间接翻译策略的使用下通常会产生"变异",即延安文学相关作品的翻译"他国化"现象。

从间接翻译在延安文学翻译实践中的应用情况来看,由于延安文学是富含本土文学经验的文学形式,其政治蕴意和历史背景信息极多,对于译者而言是非常具有挑战性的翻译实践,由于译者本身的局限,译者对延安文学时代背景的理解、文学特色的把握以及政治词汇的领悟力都很大程度上影响着译文的质量,其中,部分译文的质量是有待提高的。

以下例 9 至例 14 选自周扬《文学与生活漫谈》译本。周扬的《文学与生活漫谈》是连载于 1941 年 7 月 17 至 19 日《解放日报》上的评论文章,美国学者凯娜于 1979 年全文翻译成英语。例 15 至例 19 选自赵树理《小二黑结婚》译本,即沙博理(Sidney Shapiro)于 1943 年 5 月翻译的《小二黑结婚》英译本(*The Marriage of Young Blacky*)。

例(9) "东西"的翻译

原文:

"哪里有生活,哪里就有文学"这句话自然也说了一部分的真实,这就是,文学从生活中产生,离了生活,就不能有文学。然而文学和生活到底是两个**东西**。

(周扬,《文学与生活漫谈》)

译文:

The sentence "where there is life, there is literature" naturally stated a partial truth. That is to say, literature is produced from life. As soon as it becomes divorced from life, there can be no literature. But literature and life are ultimately two **entities**.

原文:

你不会带有这样的感觉吗？我天天过着生活，而且是有意义的生活，却看不到一点可以变成文学的**东西**。

(周扬,《文学与生活漫谈》)

译文:

Don't you often have this feeling? Every day I am living a meaningful life, yet I don't see anything worthy of making into the **stuff** of literature.

原文:

文学是最老实的**东西**，只有一分的，它不能说成两分。

(周扬,《文学与生活漫谈》)

译文:

Literature is the most honest of **things**. A piece of literature cannot pretend to have double of something of which it has only one.

中文"东西"两个字，在周扬《文学与生活漫谈》中出现了很多次，同样的两个字，凯娜的翻译处理却是不同的，在三段译文中一共翻译成三个不同的英文单词。在第一个译文中,"东西"翻译成"entity",entity 的英文原意指"实体",也就是说,凯娜所理解的"文学和生活到底是两个东西",其中的"文学"和"生活"都是以物质实体存在的,这两个概念不是抽象的,而是具象的;在第二个译文中,"东西"被翻译称"stuff",stuff 的英文是指"材料",这里,凯娜是指生活中可以变成文学的"材料",即汉语所说的"东西";第三个译文中,"东西"被翻译成"things",things 最基本的意思是"事情",可见,凯娜认为,文学就是一件"最老实的事情",因为"只有一分的,它不能说成两分"。

总体来说,虽然"东西"被翻译成了三个不同的英文单词,但是译文基本保持了原文中周扬所要表达的意思,而这种"变异"是译者所面对的最常见的"他国化"现象,毕竟英汉两种语言分属不同语系,本身就差异颇大,加之汉语词汇所指意义的宽泛性,在译文中要根据译语读者阅读习惯加以选择,以更加精确地反映源文本信息。

例(10) "高致"的翻译

原文:

艺术,用简单的定义,就是体现思想于形象。有形象,才能够写,才有生气;有思想,才能观察,才有**高致**。恩格斯为艺术悬下了一个理想的标的,就是,巨大的思想深度,历史内容与莎士比亚式的行动的泼辣和丰富之完美的混合。这不就正是艺术上的生气与**高致**结合之最好的说明,最高的标准吗?

(周扬,《文学与生活漫谈》)

译文:

Using a simple definition, art is the formalized expression of thought through image. One is unable to write or create works with vitality without imaged. One cannot investigate or create works with **sublimely detachment** without thought. Engel set out this ideal aim for literature; the perfected fusion of great intellectual profundity and historical content, with a Shakespearian aggressiveness and abundance of action. Isn't this the best explanation, the highest standard of vitality and **sublime detachment** in art?

"生气"与"高致"出自王国维《人间词话》:"入乎其内,故有生气;出乎其外,故有高致。"入乎其内指入世,即进入而置身其中;出乎其外指远而观之,超然看世界。"高致"一词被翻译成"sublime detachment",sublime 表示崇高、升华,detachment 表示分离,按字面意思理解即"崇高而又远离",显然,译者想尽力表现"高致"一词所要传达的超然境界,然而,"sublime detachment"是很难传神的,且超然境界并非单纯"远离"一词的含义,超然表达了一种"超以象外,得其环中"的领悟力,以及观物、观情辩证统一的境界,非言语所能及。因此,间接翻译的"他国化变异"透着翻译本身的局限。

例(11) "打倒"的翻译

原文：

我的结论是，做一个作家，首先当然是要有生活，然而却决不可以为一有了生活，便万事大吉了。更重要的，是要有认识生活、表现生活的能力，一种思想的和技术的武装；而要获得这，就必须付长期的专一的刻苦的学习的代价。文学上的票友或才子派是必须**打倒**的。

(周扬，《文学与生活漫谈》)

译文：

My conclusion: to be a writer you must naturally first have experienced life, but you absolutely cannot think that as soon as you have experienced life that everything will go well for you. More important is that you have knowledge of life, an ability to express it, and the armament of thought and skill. But if you want these things, you must pay the price of long-term concentrated and arduous study. Literary amateurs or schools of geniuses must be **eliminated**.

"打倒"是在延安时期经常性使用的政治术语，"打倒"表现了要将敌对势力打倒在地的决心和意志，然而，打倒并非一定要置人于死地。在原文中，"文学上的票友或才子派是必须打倒的"是指这些人的思想和态度是不可取的，是应当被批判并且打倒在地的，在译文中，凯娜选用了 eliminated 一词，该词的意思是指"消灭",显然,这样的间接翻译有曲解原文的嫌疑,也说明译者对原文的理解还是有些偏差的。

例(12) "小鬼"的翻译

原文:

写钢板来;做发行,也来;不论是教部队中的小鬼,或在乡政府上跑腿都好。

(周扬,《文学与生活漫谈》)

译文:

Take a turn engraving plates, do some publishing, be a **little nobody** in a military unit, or do messenger work for the rural government.

"小鬼"又叫"红小鬼",是指年龄小的红军,他们是一个特殊的群体,这些娃娃在不寻常的童年里从战火中走向了成熟。英译中的"little"一词很好地诠释了这些小鬼们幼小的年纪,然而,这些小鬼却并非不值一提的"nobody",他们跟随部队爬雪山,过草地,在跋涉中渐渐成长,谱写出一曲曲生命的壮歌。可见英译的"他国化"在这里并没有很好地传达出"小鬼"一词的含义,使得英语读者在阅读中丧失了体验原文丰富文化含义的机会。

第五章 直接翻译与间接翻译在延安文学作品翻译中的统一

例(13) "亭子间"的翻译

原文：

现在正是毛泽东同志所特别称呼的"在山上的"和"在亭子间的"两股洪流汇合的过程。

(周扬，《文学与生活漫谈》)

译文：

Now is the time specially termed by Comrade Mao Zedong as the process of the converging of two torrents— "on the mountains" and "in the garrets".

"亭子间"是毛泽东在《讲话》中提出的说法，指从国统区来到延安的文学青年们曾经在上海住过的"亭子间"，后来"亭子间"特指这一批文学青年的派别，毛泽东指出，"从亭子间到革命根据地，不但是经历了两种地区，而且是经历了两个历史时代"，可见"亭子间"一词有着深厚的政治意味，然而，翻译中，这种政治意味被淡化了，取而代之的是一种字面的翻译，这种字面翻译是无法传达原文中的政治信息的，故而译文虽然貌似忠实于原文，实则失之千里。

在周扬的文章中，有一段话也提及"派别"的概念："不错，作家常常为自己设下一个**圈子**，不容易叫人打破。然而延安也有它一个**圈子**，它的一套。"这段话译文是："It is true that a writer often builds a **circle** around himself which is not easily broken into by others. But Yan'an itself has its own **circle**, its own

163

set ways."凯娜将"圈子"直译为"circle",完全表达了原作的意思,且符合译语的习惯。相较于"圈子"一词的翻译,如果能在"亭子间"译文中加上适当的注释,说明"亭子间"是一个派别圈子,会更准确地表达原文意思。

例(14) "亲骨肉"的翻译

原文:

而且在延安的作家几乎都和革命皆有血缘的,他们可以说都是革命的**亲骨肉**。

(周扬,《文学与生活漫谈》)

译文:

Almost all of the writers in Yan'an have a blood relationship with revolution. One could say that they are **the flesh and blood** of the revolution.

译者将"革命的亲骨肉"翻译成"the flesh and blood of the revolution","the flesh and blood"直译为血肉,在英文中表示血肉至亲。虽然 the flesh and blood 这个表达除了指"亲人"以外,还有"血肉之躯、凡人"的含义,然而读者根据语境不难判断它在句子中的具体含义。译者应当尽可能地使用不会引发歧义的译入语表达习惯,使翻译最大化地还原原著的同时,也让译语读者能够接受并明了译文的含义。

例(15) "二诸葛、阴阳八卦、黄道黑道"的翻译

原文:

刘家峧有两个神仙,临近各村无人不晓:一个是前庄上的**二诸葛**,一个是后庄上的三仙姑。二诸葛原来叫刘修德,当年做过生意,抬脚动手都要**论一论阴阳八卦,看一看黄道黑道**。三仙姑是后庄于福的老婆,每月初一十五都要顶着红布摇摇摆摆装扮天神。

(赵树理,《小二黑结婚》)

译文:

In the village of Liujia Valley were two oracles, a man and a woman. Everyone in the neighboring towns and hamlets knew about them. The man was called Liu the Sage. The woman was called Third Fairy. Liu, who had been a small merchant, never made a move without first consulting the stars. Third Fairy was the wife of a fellow named Yu Fu. On the first and the fifteenth of each month she droped a red cloth over her head and strutted about, claiming to be a heavenly spirit.

沙博理英译本在翻译处理上充分照顾了目的语读者的阅读习惯,对文化意图比较重的词删减明显。例如,著作开篇第一段就有删减痕迹,二诸葛翻译成了"Liu the Sage",即"刘圣人";"阴阳八卦、黄道黑道"译成了"consulting the stars",即"占卜星座"。无论是"刘圣人"还是"占卜星座",都是在西方

文化的语境中取悦英语读者的一种简便翻译,对于译作来说,丧失了很多充满中国文化特色的内容,同样的删减在以下例16和例17中均可见。

例(16) "又作巫婆又作鬼"的翻译

原文:

抗战初年,汉奸敌探溃兵土匪到处横行,那时金旺他爹已经死了,金旺兴旺弟兄两个,给一支溃兵作了内线工作,引路绑票,讲价赎人,**又作巫婆又作鬼**,两头出面装好人。

(赵树理,《小二黑结婚》)

译文:

In the early years of the War Against Japanese Agression, the countryside was overrun with traitors, enemy spies, deserters and bandits. Wang's father was dead by then and the two cousins did the inside work for a gang of derserters. They told them whom to kidnap, then acted as intermediaries to arrange the ransom, giving each side the impression that they were their friends.

"又作巫婆又作鬼"中"巫婆""鬼"的说法全部省略掉了,在译文中用"then acted as intermediaries to arrange the ransom, giving each side the impression that they were their friends",即"充当中介安排赎金,使双方都觉得自己是他们的朋友"的方式将原文的意思表述了出来,当然这样的翻译从字面意思上来说是没有偏差的,然而,也使阅读变得索然无味,译语读者并不能体会到源语读者所体会到的阅读乐趣。

例(17) "《百中经》《玉匣记》《增删卜易》《麻衣神相》《奇门遁甲》《阴阳宅》"等翻译

原文:

小二黑没有上过学,只是跟着他爹识了几个字。当他六岁时,他爹就教他识字。识字课本既不是四书五经,也不是尝试国语,而是从天干、地支、五行、八卦、六十四卦名等学起,进一步便学些《百中经》《玉匣记》《增删卜易》《麻衣神相》《奇门遁甲》《阴阳宅》等书。

(赵树理,《小二黑结婚》)

译文:

He never went to school, but he learned to read and write a little from his father. Instead of the classics or the standard texts, they used the old man's prognosticating books.

"天干、地支、五行、八卦、六十四卦名"及《百中经》《玉匣记》《增删卜易》《麻衣神相》《奇门遁甲》《阴阳宅》"全部没有翻译,沙博理用"the classics or the standard texts, the old man's prognosticating books",即"经典著作或标准著作,以及老人的预言书"一笔带过,原文中丰富的涉及中国文化的信息全部略去,对于译本内容而言是残缺的,对于译语读者而言失去了了解中国古代著作的机会。

从例 15 至例 17 中可以看出,沙博理《小二黑结婚》译本"他国化"的翻译在处理中国文学色彩比较浓郁的内容时,基本都采取了省略的方式,在译文中没有体现出任何中国的文化特色,这种照顾外国读者阅读能力的翻译方式,虽然降低了阅读的难度,但也不可避免地使阅读乐趣消磨了,没有体现出赵树理作品中人物的鲜活形象。

例(18) "村共所、各救会、武委会"等词语翻译

原文:

山里人本来胆子小,经过几个月大混乱,死了许多人,弄得大家更不敢出头了。别的大村子都成立了**村共所**、**各救会**、**武委会**,刘家峧却除了县府派来一个村长以外,谁也不愿意当干部。

(赵树理,《小二黑结婚》)

译文:

The peasants living in this remote mountain region were then rather timid. After months of chaos during which many people were killed, the Liujia Valley residents were even less inclined to stick their necks out. Other villages formed new administrations and set upsocieties to help the war effort, but no one in Liujia was willing to hold any post, even the mayor had to be appointed by the county government.

"村共所、各救会、武委会"这些分门别类、充分体现出时代特征的词汇在译文中全部用一个词"societies"一笔带过了,"societies"英文意思是协会,所以对于英语读者而言,不能通过"村共所、各救会、武委会"这些协会清楚地了解《小二黑结婚》的时代背景,对于读者理解小说会造成信息缺失,进而影响阅读信息的整体性。

例(19) "斗争"的翻译

原文:

兴旺……从前也碰过小芹一回钉子,自然十分赞成金旺的意见,并且又叫金旺回去和自己老婆说一下,发动妇救会也斗争小芹一番。金旺老婆现任妇救会主席,因为金旺好到小芹那里去,早就恨得小芹了不得。现在金旺回去跟她说要斗争小芹,这才是巴不得的机会,丢下活计,马上就去布置,第二天,村里开了两个斗争会,一个是武委会斗争小二黑,一个是妇救会斗争小芹。

(赵树理,《小二黑结婚》)

译文:

Xing had been spurned by Qin himself. Natually he completely approved Wang's idea. He told Wang to get his wife to arouse the women's association, so that they would censure Qin also. Wang's wife was now the head of the women's association, and she hated Qin because her husband had often gone to her house. She was delighted with the censure proposal. It was a chance too good to miss. Dropping her housework, she at once swung into action. The following day two criticism meetings were called. The military committee censured Blacky. The women's association censured Qin.

"斗争"是一个表现出浓厚延安时期的时代气息的词汇，中国读者在看到"斗争"一词时，脑海中会浮现出很多斗争的画面，译者将"斗争"翻译成"Censure"，该词的英文意思是指谴责、非难、指责，虽然意思上尚能满足原文的字面含义，然而缺乏很多的内涵，译者应该在译文中加上适当的解说，使得译语读者能够更加清晰地明白斗争的含义和斗争的场景，对于译文来说是大有裨益的。

从例18至例19中可以看出，沙博理对于含有政治意图的词采取了模糊化处理的翻译方式，这种模糊的"他国化变异"处理方式使译文更加贴合英语的文化和读者习惯，然而在模糊政治意图的同时，却使译文不能够传达原文的背景和特色，这种匮乏政治信息的译文从某种程度上扭曲了《小二黑结婚》这部充满时代味道的小说，即便赵树理在美国学界大有影响力，其作品相较于其他延安作家来说也流传更广，但是美国读者看到的《小二黑结婚》已经不是真正的《小二黑结婚》，而是一部经过沙博理"他国化"的翻译阉割后只存留基本内容骨架的译著，其文学血肉已不再丰满。

综上，直接翻译和间接翻译都是以实现与源文本最佳相似和与目标读者最佳相关为目标的翻译方法。翻译的过程就是寻求最佳关联性,在这个过程中,译者是一个至关重要的因素,译者要首先考虑译文的最佳关联性,同时还要考虑具体的语境以及受众的背景,然后选择适当的翻译策略,译者的素养直接决定了关联翻译理论对翻译实践的指导力。

当延安文学作品采用间接翻译策略时,译本发生了"变异",翻译过程中译者的"创造性叛逆",即间接翻译后的"他国化",反映了延安文学作品原作与译本的相似度落差。文学翻译的他国化"变异"缘由是复杂的。从文学传播的操作层面上讲,美国翻译家、《人民文学》英文版 Pathlight 编辑总监艾瑞克(Eric Abrahamsen)坦言,至于翻译策略,考虑到的是中国文学和西方文学之间的差异以及是在西方世界传播中国文学这个事实,因此用的更多的是间接翻译的策略,即采用"他国化"方式,让西方读者更好地理解和接受这些作品,译者通常是在出版社编辑要求的情况下做改动,但改动是有限度的,会尽量考虑到汉语的语言和文化特色,把原文中蕴含的思想和审美特质完整地传达给西方读者;从翻译学、语言学层面上讲,他国化"变异"的某些原因是两种语言体系不可兼容,故而在翻译中译者不得不舍弃原文的表达方式,转而以译语语言进行重新编码,这种情况在诗歌翻译中尤为常见,因此诗歌在翻译后经常会丧失本身的韵味和美感;然而,他国化"变异"中绝大部分原因是两种语言所处的历史文化背景差异,使得源语的表达在译语中无法被理解,比如上文中所提到的"二诸葛、阴阳八卦"等富含文化背景的词语，以及"村共所、各救会、武委会"等饱含政治意味的词语，在直译后读者是无法理解的，这时，译者会采取对原文信息"变异"的手法进行处理。无论是第一种情况，还是第二种情况，翻译学都称之为翻译的损失，即 Translation Loss。只是对于第一种情况，这种翻译损失是无法弥补的，对于第二种情况，译者应该多方采纳翻译措施，尽可能地还原原作的风采。译者的素养和译者在翻译过程中的主体性也对译本的质量有重要的影响力。在翻译过程中，关联原则是译者在选择翻译策略时应遵循的原则，直接翻译和间接翻译的使用范围取决于对目标读者认知环境的正确评估，从而获得最佳关联性。

通过延安文学作品翻译来探索直接翻译与间接翻译如何在关联框架内的和谐共存主要有以下几点发现：1. 延安文学是在独特的文化背景和社会环境下产生和发展起来的，是世界文学中具有本土经验的文学典范，关联翻译理论对延安文学译本的解释力能够证明关联翻译理论的效力；2. 从延安文学翻译实践过程中不难发现，译者的素质很大程度上决定了译本的质量，总体来讲，在实践过程中，直接翻译基本上能确保翻译的信度，而间接翻译在延安文学翻译的实践过程中是不尽如人意的，译者鉴于其自身的局限，不能批判地审视、全面地考量延安文学翻译作品中的本土经验，从而使译本不能引导读者探究延安文学的历史和文化根源；3. 如何在关联翻译理论指导下，提高译者的素养，提升译本质量，探索延安文学融入世界文学的第一步，确立延安文学在世界文学格局中的地位与意义，是值得深入思考的命题。

当今，基于"跨东西方异质文化"的视野，间接翻译的"他国化"不仅涉及译文的忠实度及译入语读者对译文的解读和评价，还往往携带重要的文化意义。因此，立足于中国学派"跨东西方异质文化"的研究视野，正确评估这些"文化意义"，并深度挖掘延安文学作品翻译的"他国化"现象背后延安文学本身文化规则和文化话语的"变异"缘由，才能洞悉延安文学译本在西方理论及意识形态影响下所展现出的异于中国的独特的译本形态，并在异质文论对话研究中为建构中国文论话语权提供借鉴。

第六章　关联视角下从延安文学在美国看中国现当代文学走出去

语言文本从一个语境转换到另一个语境时，在不同的空间结构中，不同的历史传统和文化价值这些附加在文学文本上的信息面临重新的解读、解构和重构。本章以关联视角分析讨论延安文学翻译作品在美国的生存镜像，从而揭示翻译现象与社会政治语境之间的密切关联，以延安文学为镜探索中国文学走出去的关联策略。在当代全球化背景下，文学是一个社会传播系统，其传播过程包括写作、选择作品、翻译、出版、推广和发行等，在各国经济文化发展不平衡以及世界文学话语权强弱不平等的现状下，翻译作为整个传播环节中重要的一环，肩负着中国一个多元的文化实体进入世界文学话语场域的译介重任。

美国是海外中国现当代文学研究的重镇，众多美国学术刊物涉及中国现当代文学研究领域，如《亚洲》《东西方评论》《现代中国文学与文化》《今日中国文学》《中国文学：散文、文章与评论》《当代世界文学》《东西方文学》《哈佛亚洲学报》和《20

世纪中国》等。从总体来看,由于受地缘关系及历史文化关联性等因素影响,我国学界对日本和苏俄的延安文学译介与研究情况的了解较为详尽,虽然美国已逐渐形成其文学的霸主地位,但美国延安文学的接受及传播研究在我国学界长期受到冷落。延安文学是世界文学中具有独特本土经验的文学典范,在尊重延安文学产生和发展的独特背景和社会环境的基础上,批判地审视、全面地考量延安文学翻译作品中的本土经验,梳理延安文学在美国的接受与传播情况,探究其历史和文化根源,能够为中国现当代文学与世界的对话提供丰富的理论与实践依据。

第一节 延安文学与中国现当代文学

一、文学作为媒介

从跨文化研究和媒体研究的角度来看,文学是一种媒介,其所承载的文化通过文学媒介得以传播和发展,很大程度上文学媒介可以通过写作、出版、翻译、推广和发行的过程来产生社会文化效应。例如,平民主义就是通过文学的媒介得以推广的,早在1923年,李大钊就指出:"无论是文学、是戏剧、是诗歌、是标语,若不导以平民主义的旗帜,他们决不能被传播于现实社会,决不能得群众的讴歌。"1928年,革命文学论争中,郭沫若提倡文学青年"到兵间去,民间去,工厂间去,革命的漩涡中去",左联成立后,在关于文艺大众化的讨论中,瞿秋白更是告诫革命文艺工作者到生活中去,与群众联系,创作群众容易听懂、看懂的艺术,于是平民主义大众化思潮以文学为媒介得以开展壮大。

延安文学的国际宣传工作早在延安时期就开始了。1936年,毛泽东和杨尚昆在为《长征记》征稿时就提到国际宣传的问题:"现因进行国际宣传,及在国内国外进行大规模的募捐活动,需要出版《长征记》,所以特发起集体创作,各人就自己所经历的战斗、行军、地方及部队工作,择其精彩有趣的写上若干片段。文字只求清通达意,不求钻研深奥,写上一段即是为红军作了募捐宣传,为红军扩大了国际影响。来稿请于九月五日前寄到总政治部。备有薄酬,聊志谢意。"1938年2月,由毛泽东、周恩来、林伯渠、周扬等人发起的、由沙可夫起草的《鲁迅艺术学院创立缘起》一文指出:"艺术——戏剧、音乐、美术、文学是宣传鼓动与组织群众最有力的武器。艺术工作者——这是对于目前抗战不可缺少的力量。"在延安时期,文艺被认为是抗战的力量。"真正有价值的艺术创作,都是战斗者的创作,都是社会战斗的一种特殊形式……要有推动和变革现实的力量。"成仿吾在1938年11月《一个紧要的任务——国际宣传》中认为,文艺家在国际宣传方面做得不够,要战胜日本法西斯,要争取全世界爱好和平与正义人士的援助,就要对中国人民抗战正确报道。文艺是有力的手段,在全民族英勇抗战中,有无数可歌可泣的故事值得用艺术的形式表现出来。

只有引起全世界进步人类对抗战的同情，才能大大地增加国际的援助，文艺应该对抗战有充分的贡献。当然，成仿吾在讲到文艺的国际宣传时，主要考虑的是文艺对当时抗战的积极作用，对于援引外援的渴望是成仿吾当时写这篇文章的初衷。但是，这篇文章也侧面反映了当时的文艺工作者已经意识到文艺国际宣传的重要性。

文协等相关部门对文艺的国际宣传也高度重视。文协是在抗战后产生的文艺界统一战线组织。老舍和周扬在《关于文协工作的建议》中充分说明了文协在边区文艺运动中的重要地位。1940年1月6日，艾思奇在边区文协第一次代表大会上的报告中提出，要大力发展抗战中的陕甘宁边区文化运动。其中提到从1937年到1940年国际形势的巨大变化，以及国际宣传的必要性。"抗战之所以能有今天，不仅仅是在军事上和政治上努力战斗的结果，全国进步文化界的斗争，也在这中间尽了不少的力量。"艾思齐认为，应当编辑理论学术丛书，出版《中国文化》，作为推动文化运动的中心杂志，同时组织国际宣传委员会，用各种方式进行国际宣传工作。文协研究部有四个经常的座谈会，集会时分头讨论文艺专题，汇为小册子，如《抗战小说》《抗战诗歌》《抗战戏剧》与《抗战报告文学》。这四本小册子当交予国际宣传处，译成几国的文字，作为抗战文艺的介绍。老舍和周扬在《关于文协工作的建议》一文提出，虽然文协香港分会创办了英文版的《抗战文艺》，销往欧美与南洋，之后还要印法文版。但是，"抗战文艺在国际上的宣传，还差得太远，或者应说被完全忽略了。"这就要求一要有高质量的稿子，二要有大量的印刷。"把我们认为最有效的宣传文字，不管哪里写出来的，各处印刷，普遍散播，或者可以收到事半功倍的效果。"

在延安文学外宣的过程中，经费也是一大难题。文协出版部在抗战期间成功出版的有三个刊物，分别是《前线增刊》《英文会刊》和《抗战文艺》。《前线增刊》与成都分会合作，总会帮人力财力。《英文会刊》委托当时在南洋的郁达夫募款维持。《抗战文艺》出版了世界语译本，并悉数发往海外。原本还有《抗战诗歌》，稿件齐全却并未出版，因为"会中经费只有一千元左右，维持这几个刊物已须花费七八百元，所以连校对和跑腿都须编辑本人亲自出马……"可见人力物力的限制对当时延安文学的宣传工作有很大的制约。

抗战时期的延安是一个相对封闭的地缘空间，延安文学在政治制度、文化政策、作家构成及受众群体等诸多因素上表现出与国统区或租界极大的不同，文学被吸纳进革命宣传的系统当中，文学的宣传功能在革命的特殊岁月中尤为凸显。延安文学跨越语际来到美国后，在美国的文学场域的传播轨迹是一个镜像，会为中国现当代文学海外传播带来启示和反思。

二、延安文学与中国现当代文学的一脉相承

中国现当代文学源自"五四"前后，然而，中国现当代文学某些传统是经由延安这一特定时期的文学在1949年后通过

其强有力的体制化渗透、改写和重塑而形成的。对于中国现当代文学的划分问题，近年来有较多争议。但按目前最为通行的划分方式，"现代文学"指的是"五四"新文化运动前后到20世纪40年代末期的文学，而"当代文学"指的是50年代以后的文学。由于以延安文学、解放区文学为代表的左翼文学的创作直接受毛泽东《在延安文艺座谈会上的讲话》的影响，并与之后的"十七年"文学联系紧密，是当代文学构成的最主要资源。

延安是现代中国的革命圣地，延安文学诞生在中国革命最艰苦的岁月，在中国革命文学与文学现代化的征途当中，充当了至关重要的角色。在文学制度方面，延安文学创建了现代中国文学的新秩序，并成为当代文学构造的雏形。它对新文学进行了重新设计，制定了新的文学政策，整合文化队伍，创办非同人化的文学社团，出版文学刊物，改造作家思想，提升文学批评的政治功能等，这一切都或多或少地延续到了1949年以后中国文学制度的生成。也就是说，新中国的文学在一个比较长的历史时段里是延安文学的延续。甚至，有学者认为现代文学和当代文学的界限不应是1949年新中国的成立，而是1942年"延安文艺座谈会"的召开。在"十七年"间外文出版社翻译出版的七集《新中国短篇小说集》，亦把延安文学作品、解放区文学作品和新中国成立后所创作的作品视为一个整体，即"新中国"的作品。

延安文学走出去的路径，很大程度上折射出中国现当代文学走出国门的路径。陕西师范大学赵学勇教授指出：延安文学属于历史的一部分，"意识形态"的标签是延安文学所特有的，其意识形态化的形成是一个历史的过程。延安文学的形成过程既表现为一种在特定时空范围内各种文学现象得以展开的自然顺序，也表现为各种新的文学观念、审美成规、心理机制等在延安文学形成中得以成形的逻辑性构成。对延安文学走出去的研究应该在总体上采取一种建构主义视角而非本质主义视角。在以往的延安文学译介研究中，研究者秉持的本质主义视角通常把延安文学的特性理解为必然的、不变的、当然如此的；而建构主义则势必要求将延安文学译介还原到一种历史情境中去，把延安文学译介的本质理解为一种在政治权力与文化观念主导下，通过延安文学作品和翻译、传播、接受等力量的多向度努力而不断建构出来的路径。在中国新文学发展中，延安文学是对"五四"精神的承续和转换，而且是在"左翼"文学运动的理论建设的基础上，将大众化、民族化讨论和实践进一步引向深入，真正意义上解决了文学为大众的问题。延安文学作为"中国经验"的集大成和马克思主义文艺理论中国化的重大成果，既是中国新文学历史逻辑发展的合理结果，又全面规范了当代文学的建构与走向。在新的时代语境下探讨延安文学与中国新文学的历史演进，对于真正认识"中国历史"，总结"中国经验"有着相当重要的意义。延安文学是马克思主义中国化的成功践行，延安文学之所以在解放区受到群众的广泛欢迎，是因为其充分展示了无产阶级革命文艺的本质特性。延安文学不仅顺应了中国现代革命发展的趋势，规范了中国文艺现代化的走向，而且使中国文艺汇入了世界无产阶级革命文艺运动的潮流。

因此，关联视角下研究延安文学的译介应当将延安文学放到历史的语境中去，在历史情境的阐释下将延安文学这一具有"意识形态"标签的文学形式译介的过程以及在美国的生存镜像合乎本真地呈现出来，在对延安文学所提供的强大的动力资源和精神系统进行世界性探索的过程中，探讨中国现当代文学如何走向世界。

第二节 延安文学在美国的生存镜像

一、文学传播中的文化偏见

文学传播中的文化偏见极大影响着延安文学在美国的传播。文化作为文学传播的一个重要部分，是比文学更广泛的概念，文学传播中的文化因素与文化偏见处在不断变化发展的过程中。"文化"作为一个概念，是学术上相对较新的认识。英国人类学家、文化人类学的创始人爱德华·伯内特·泰勒（Edward B. Tylor, 1832—1917）定义文化为"一个复杂的整体包括知识、信仰、艺术、道德、法律、习俗以及人类作为社会成员获得的任何其他能力和习惯"。由于文化的多面性，在学术讨论中对于文化的定义超过几百种，在大众讨论中，文化一词的使用更无所不在。文化成为一个被广泛讨论的概念，引发了各个学科领域多种视角对这一术语的使用。随着文化概念变得越来越重要和普遍，本质主义的文化定义越来越受到质疑。多数学者认为用本质主义和实证主义视角定义文化是有局限性的，文化和文化之间存在区别，并且文化应被视为实践，而非仅仅是一种固定的符号和意义体系。文化作为一个学术概念被用来检视不同形式的文化，如地区文化、时期文化等等。跨文化研究的学者采取建构主义的观点，将文化视为一种话语建构，强调文化是人们所做的事情，而不是人们所拥有的静物。跨文化学者主张从社会建构主义的角度看社会中的大量文化嵌入的途径。这种途径强调文化是建构的，不仅在于一个社会之中，而且在于不同社会间。从这个视角来看，文化被认为不是固定客观的，而是镶嵌于社会文化背景之中的，处于不断变化发展的状态。

当今学术话语中存在的文化偏见的问题越来越受到关注。跨文化传播学研究不同的文化和社会团体如何交流沟通，或文化如何影响跨国沟通，并探讨描述由来自不同文化背景的人们组成的广泛社会环境中出现的交流过程和问题。从这个意义上说，跨文化传播学试图检视不同国家和文化的人如何行动与沟通。跨文化学者在不同程度上赞同话语构成了各个社会表现自己的方式这一构建主义观点，然而在跨文化交流中，民族中心主义的思想却造成沟通问题，人们试图用自己文化的标准去评判其他文化，并倾向于认为自己的文化优于他者。目前传播的典型方式多采用以西方为导向或以欧洲为中心的研究方法。西

第六章 关联视角下从延安文学在美国看中国现当代文学走出去

方中心论的批评者认为，西方媒体理论，因为它们基于欧洲和北美的政治、经济和媒体模型，学术范式应当转变为将各种文化"作为平等但有区别的对话者"来达成沟通，并呼吁纠正文化失衡的情况。

作为解决方案，一些学者建议使用不同的研究方法。例如一些学者提出非裔中心性作为从非洲角度进行研究的意识形态和方法论方法，也有学者提出从亚洲视角审视亚洲背景。非洲中心性方法论和亚洲中心性方法论说明了当前正在发生的学术趋势，即，使分析工具多样化有助于研究人类活动并捕捉其多元化，有利于开拓新的研究视角。从新历史主义的角度看，历史充满了断层，由各种论述构成。法国哲学家、社会理论家、语言学家和文学评论家米歇尔·福柯(Michel Foucault, 1926—1984)提出历史并不是单一或唯一的记载，也不是对过去的事件的单纯记录，我们应该通过接触各种论述去认识多面的历史。法国哲学家雅克·德里达(Jacques Derrida, 1930—2004)也认为"没有文本之外的世界"，语言本身就是一种结构，我们都透过这种结构在理解整个世界。新历史主义是文学理论的一种形式，其通过文学理解思想史，通过文化背景来理解文学语境。当前在西方国家学术界和图书市场中中国文学作品翻译仍然主要为古典文学作品，或一些有争议性的现当代中文文学作品，其内容并不能代表中国文化历史的全部时期和中国现当代的真实发展状况，在对延安文学缺乏细致了解的情况下，西方学者和受众对中国文学发展的认识是有局限和偏见的。虽然随着国际互联网的飞速发展，各类跨国媒体的不断涌现，不同文化能够在多种平台上相对平等地出现在大众视线中，但对于中国文学尤其是延安文学来说，仍有大量文学翻译、出版、发行的工作需要进一步推进以矫正文化偏见。

二、美国学派"纯文学"霸权观

美国是海外中国现当代文学研究的重镇，上世纪 60 年代初，美国学者夏志清出版《中国现代小说史》，以"纯文学"作为评判作品的唯一标准，漠视文学的社会历史使命，表现出了强烈的政治偏见、审美偏见以及对西方价值观的过分倚重。延安文学在美国的传播和接受受到了美国学派"纯文学"霸权观的影响，美国学派将延安文学视为"政治主导下的文学"，批判延安文学的"本土经验"，其背后逻辑是普世价值"纯文学"的预设。

然而美国本土文学融入世界文学并引导话语权的过程也充满美国文学的"本土经验"。2011 年，美国《当代世界文学》杂志社社长戴维斯·昂蒂亚诺在谈到文学的"本土经验"时指出，"美国上个世纪 30 年代、50 年代也在把我们的作品投入到世界，所以我们也在讨论本土的问题"。二十世纪美国的诺贝尔文学奖获得者在其文学创作中均体现出政治意蕴，这些获奖者无不以美国"本土经验"为基础，在国际化背景下，进行人的普世性和社会秩序以及国际秩序的思考，使美国逐渐形成其文学的霸权地位。美国纽约大学比较文学系和东亚研究系教授、东亚系主任、中国中心主任张旭东指出,"文化政治"就是对自己的文化抱有一种政治的理解,有政治就有敌我、生死、存亡的问题。文化本身就是最大的政治,政治也是最大的文化。西方的文化从来没有离开自己的政治,它确实在为西方的政治服务。张旭东认为:"全球化的历史推动力就是要把国家的壁垒拆掉,而美国不但不把壁垒拆掉,反而把自己的边界往外推,别人把边界往后让,这就是全球化。但是全球化并非同质化、标准化,要意识到自己主动参与全球化才有意义,在构建过程中,第一,不能完全放弃自己的文化、政治实体的合法性;第二要意识到自身特殊性中的普遍意义。"

"政治性"是中国文学的根本属性,毛泽东在延安文艺座谈会讲话中指出:"在现在世界上,一切文化或文学艺术都是属于一定的阶级,属于一定的政治路线的。为艺术的艺术、超阶级的艺术、和政治平行或互相独立的艺术,实际上是不存在的。"高尔基在《论文学》一书指出:"文学,是一个阶级和集团的意识形态、情感、意见、企图和希望的形象表现。文学、长篇小说、中篇小说等等是思想宣传最普遍和有效的手段……凡是阶级组织得最坚固和严整的地方,凡是阶级传统深深地渗透着意识的地方,那是文学最充满着、最饱和着阶级内容的地方。因此,小说是有着阶级倾向的、宣传的、强大的和具有高度阶级性的手段……把每一个人看作是时代、种族、阶级的产物,我们更应该从同样的角度去看作家。真实的文学决不是一幅和现实不相干的摹拟的图画。""政治性"是延安文学乃至中国现当代文学的本土文学经验，美国学界建立的"纯文学"标准是对东方异质文化进行遮蔽的。西方的文学普世价值否认了国家民族的特殊性，认为世界文学是沿着同一个模式和轨道前进的，中国文论应当建立在本民族的文艺民族形式之上，应当将文艺的民族形式置于世界和民族，世界、民族与现实的关系网络中进行宏观的审视和分析。

三、美国的读者反应：文学与政治的对话

延安文学在美国的阅读主要集中于美国学界，美国学界对延安文学的阅读需求除了文学研究外，也体现着政治意图的驱动。中美读者的社会背景差异、审美差异、认知差异等问题，都影响到延安文学走进美国普通读者群。

首先，社会背景差异导致了读者审美的差异。延安文学的审美是一种意识形态下的审美，对于当时中国社会的审美是有着巨大反作用的。例如让当时的农民感受到"仇恨"并建立"阶级"的意识，这种仇恨要突破小农意识的藩篱和宗亲关系的羁绊是不容易的，因而文学"阶级观"所贯穿于文学作品的阶级仇恨是有着社会政治诉求的，文学作品在很大程度上是对于当时社会普通民众的阶级教育和政治观塑形。很多延安文学作品表现出的"穷人等同于善良勇敢，富人通常为富不仁"的导向直到今天在中国依然有很大的市场；财富在某种意义上成为评判道德水平的一个指标，这种评判标准在西方世界是很难获得读者的接受和认知的。在美国，拥有财富是一种值得自豪的行

为，美国社会的评价体系和延安文学所要传达的信息是不兼容的，在美国的社会体系中，美国读者不能理解延安文学"社会主义现实主义"的文学表达形式下文学作品中"穷/富"大一统方式所传达的审美意识形态。

其次，读者对于一部文学作品的接受是一个复杂的心理过程，受读者本人受教育程度、文化背景以及读者对于文学作品所试图表达的思想等的心理认知的影响。延安文学从诞生到发展壮大是在强大的政治力量辅助下不断演化的，复合着政治色彩的文学，无法用美国"纯文学"的观点去审视，在中西不同的历史文化背景下，美国读者对于延安文学的认知是和中国读者不同的，这种差异使延安文学在美国普通读者中的接受度不够。以延安文学中典型的"阶级仇"叙事中的"仇恨"为例，这种仇恨通常来源于其对于中国传统道德的背离。"欺男霸女""杀父之仇"是在中国传统社会最容易激起民愤的行为。"杀人""公审"等情节是在中国社会广泛上演的社会现实。在延安文学作品中表现出"穷人善良，地主该杀"的倾向，然而在西方国家，读者很难理解作品中体现的杀人合法性。在《白毛女》当中，杨白劳作为佃农，拖欠地租，欠账还钱本是天经地义，但是，在"逼婚"情节出现后，杨白劳还债的合理性被忽略，取而代之的是群众激情讨伐的戏剧性元素。作为一部苦情戏，黄世仁是否罪当死是一个值得商榷的问题，这种社会背景知识和社会认知的巨大差异性，使美国读者在理解延安文学作品所要传达的意义时，产生理解的无力感，从而影响延安文学作品在美国普通读者群的接受度。

　　第三，美国读者市场对中国官方意识形态的矛盾反应也是值得关注的因素。美国翻译家、《人民文学》英文版 Pathlight 编辑总监艾瑞克（EricAbrahamsen）坦言，有一些因素会使中国文学难于在西方读者中销售。比如煽情：中国读者通常喜欢那些在情感上打动人心的作品，但是西方读者会对过于煽情的作品表示怀疑，这些审美差异很难在翻译中协调。艾瑞克指出，如果一部小说明显受到中国官方意识形态影响的话，他们通常不会向外推广。读者想要读的是故事，不是宣传。就其已经翻译过的作品而言，所有的编辑工作都是基于文学性的考虑，而不是政治因素，所考虑的问题关乎简洁、节奏、叙事形态（Narrative Shape）等，使故事节奏更快，更紧凑，推动情节向前发展，这些都是有关文学的问题。而另一方面，很多作品在西方出版时，出版商为了赚取噱头，将在中国国内公开热销的书籍加以政治化的处理，在满足西方读者猎奇心理的过程中促进书籍销量，这种做法也很大程度上强化了西方读者的冷战思维。比如莫言小说在美国畅销的背后是对于"异国情调"的追捧，其背后是"落后中国"的读者预期；又如《狼图腾》英文版的作者介绍强化"文化大革命""1967年"等敏感字眼，在显示意识形态的倾向下博取读者关注。

　　延安文学在美国传播虽然有困难，但也要看到，延安文学作品中所传达的正面积极的时代能量也得到了许多美国读者的理解和推崇。例如读者高度评价了《小二黑结婚》中表现出的男女平等思想："在赵树理的《小二黑结婚》中，提到'任何想要结婚的男孩和女孩都可以去民政部门登记。没有人可以阻止他们'。通过这些话，读者可以理解毛泽东时代倡导的男女平等。即使承载封建思想的故事情节仍然存在，但最终还是因为婚姻平等而败下阵来。芹的角色出生于一个非常封建的家庭，但她的思想并未受到侵蚀。她不喜欢无知和迷信的三仙姑，而是勇敢地打破世俗，让自己拥有幸福的权利。总的来说，这个故事是通过农村青年农民小黑与小芹的婚姻故事，描述了农村新生的进步势力与落后愚昧的迷信封建反动势力之间的斗争，最终，年轻的小黑与小芹在共产党的支持下突破了幸福婚姻的障碍，这显示了新思想胜利的力量。这个故事表明，毛泽东时代正在(或已经)致力于实现男女平等。"

总体而言，延安文学还欠缺在美国普通读者中具有广泛影响力的作品，这直接导致了延安文学的叙事方式在作品没有被大量普及的情况下很难被读者熟知进而接受。即使在现今，作品在美国拥有一定读者群的中国作家刘索拉依然认为："人们普遍认为，只有中国人才能完全理解中国文学——不管译者多么技巧纯熟，外国人依然永远无法完全理解中国作品，……这个世界已经西化到，凡事都要从西方和美国的角度来加以审视的程度……一些中国作家由于作品很难得到国际文学界的认可而感到愤懑。"同时，由于延安文学的译介很多是本着政治目的引进的，因此，延安文学在美国的阅读很大程度局限于社会精英层面，比如研究中国文学的大学生或者教授，还有很多美国历史学专家和教授也研究延安文学,当然也是本着历史政治的眼光进行研究,对于文学本身的关注并不高。由于大部分美国普通读者并不会关注政治层面的文学作品,尤其是译著,这就使延安文学在美国的阅读出现了作者与读者的错位,延安文学要进入美国普通读者的群体是需要假以时日的。

第三节 中国现当代文学走出去的关联探索

一、关联与文本类型

翻译理论需要研究语言的功能,从而确定文本类型。翻译中许多理论问题,如对等翻译、变量和常量、理想的翻译单位、翻译过程等,如果不联系语言的功能确定文本类型,讨论就失去了意义。在以往的翻译研究与实践中,翻译研究者们一直围绕"形式与功能"这一中心展开,语用学家 Koller 认为对等是有相对性的,"形式对等与动态对等"把翻译研究从信息的传递(即形式)过渡到信息读者反应(即功能)的研究,而基于认知语言学的关联研究实际是"形式对等与动态对等"的一种替代研究模式,被看作翻译理论的一种"中和"(corrective)理论。为此,纽马克根据语言哲学家比勒(K. Buhler)和雅各布森关于语言功能的论述,将语言功能分为六种:表达功能(the expressive function)、信息功能(the informative function)、祈使功能(the vocative function)、人际功能(the phatic function)、审美功能(the aesthetic function)和元语言功能(the metalingual function)。一个文本可能具备一种功能，也可能同时具备几种功能，但以其中的一种功能为主。以此为依据可将文本分为相应的六种类型。纽马克认为，比勒和雅各布森的语言功能理论最适合用于分析文本的翻译，简单易行，操作性很强。纽马克同时指出，按语言功能对文本进行分类并不是唯一的尺度，文本也可以有其他分类法。功能主义的代表人物凯瑟林娜·赖斯的文本类型划分方式就与上述不同，凯瑟林娜·赖斯的研究建立在德国心理学家布勒 1938 年提出的语言功能的"科学研究模式"之上。赖斯的经典类型模式比较了比较语言学、符号学、结构主义语言学的类型分类法，将文本分为：信息功能文本、表情功能文本、操作性功能文本以及听觉—媒介文本。

简言之，为更好地理解"翻译"这个概念，我们需要对"文本类型"(types of texts)的标签或"交际行为"(acts of communication)进行分析。哈蒂姆和蒙迪(Hatim, B & Munday)指出："交际就像世界上的其他现象一样，对特殊的文本或话语需要创造并贴上不同的特殊的术语标签来加以区分。"(Hatim, B & Munday, J, 2004: 272)。文本语言学(text linguistics)中，波格然德(Beaugrande)提出把文本本身看成一个整体的翻译单位(a unit of translation)，可以给文本贴上诸如颂词、小说、戏剧作品、评论和摘要等文本类型的标签。从交际的观点来看，这些标签有很重要的作用。它们可以在交际者意图和读者期待之间起到协调的作用。比如，如果交际者标明他的文本是"报告"(report),那么"报告"这个标签就可以帮助引发相应的读者意图,读者在阅读此文本的时候就不会有其他标签(比如讽刺)的文本期待。这样,这些可以引发不同交际效果的标签在协调交际者和读者的过程中完成重要的语用(pragmatic)功能。

从关联理论的观点来看,通过贴上适当的标签,交际者就可以引导受众(audience)去寻找最大的关联。假如所给文本的标签是"小说",那么受众所寻找的关联就应该是小说的故事情节、人物刻画和社会准则与标准等。受众总不会在标签为"小说"的文本里寻找只有标签为"历史参考书"才有的关联,比如历史事实和材料引用的出处等。由此我们可以看出,文本类型标签可以在引导受众理解作者意图方面发挥很大的帮助作用,可以为受众在建立关联时减少心理投入(processing cost)。从这个角度看,文本类型标签可以扮演语用功能,用来帮助提高文本或话语的关联性。

具体到延安文学,鉴于延安文学是一种饱含中国本土经验的文学形式,在翻译传播的过程中,标记延安文学的文本类型有利于帮助译者选择合适的翻译方法,有助于读者提高与译本的关联度,改善阅读体验,也有助于延安文学渐进地融入译入语文化,进而增强延安文学的接受度和译本普及度。

首先,确定并标记语言文本类型,能够帮助译者确定特定翻译目的所需的合适的对等层级,从而制定合适的翻译策略。翻译的理论探索要区分文本的类型,要根据不同的文本类型制定具体的翻译策略。文本类型决定译者的翻译方法，是影响译者选择适当翻译方法的首要因素。例如，延安文学在美国的阅读主要集中在学界精英层面，延安文学所承载的信息内容是这个层面的读者关注的重点，将延安文学的文本类型标记为信息类别，译者的主要任务不是传达出原文的审美及艺术形式，译者可以采用直接翻译的方法，最大化地实现延安文学的信息功能，给读者传递真实世界中的事物和现象，秉承直接翻译中对保留交际线索等翻译语言和风格的要求，忠实传递人文科学领域的专业文献信息。

其次，标记延安文学为信息类别，可以降低读者对文学审美的诉求度，在读者阅读的过程中，占主导地位的是信息传递，审美因素的方面仅作为补充，读者对于所阅读文本的期望不在于语言表达者的心境和感情的作用，而在于信息的获得，从而让读者在预期角度上匹配译者的直接翻译译本，提升读者和延安文学译本的关联度，改善读者阅读体验，逐步提升延安文学的国际影响力。

最后，应当指出，文本类型能够在一定程度上决定翻译策略，但不是完全决定，它所能决定的只是翻译时的基本策略，最终的策略还要考虑其他因素的影响。例如，很多文本并不是具有单一功能的，也就是说，一个文本可能同时具有几种功能，赖斯称之为"复合类型"。延安文学其本质是文学作品，延安文学的审美性及艺术性是不可否定的，在延安文学进入世界文学语境时，将其类别标记为信息类，有助于延安文学渐进地融入译入语文化,当延安文学在异域文化中普及度增强后,译者应当逐步传达出延安文学作品原文的审美及艺术形式,应当在保证内容正确的基础上再去进一步关注原文的形式,力求译文与原文的美学效果相同。

当然,文本标签的关联增强效果关键要看交际者和受众各自使用文本时的相互认同程度。在交际过程中,相互之间的认同程度越高,文本类型标签起的作用就越大。

二、关联与译者主体性

译者是翻译的主体,也是民族文化建构的重要参与者,然而翻译主体在中国文化多元系统中长期遭到了遮蔽,出现了译者文化地位的边缘化现象。随着翻译研究的"文化转向",翻译主体研究得到了应有的重视,并逐渐走向深入。主体的本质表现在其能动性、受动性、为我性的特征中,而这些特征构成了翻译主体译者的主体性。

根据关联理论的翻译观,翻译的过程就是寻求最佳关联的过程。译者作为源语读者和译语读者之间的协调人,既要推断出源语作者想要表达的信息和意图,又要正确判断译语读者的认知语境及阅读期待,并充分发挥自己的主观能动性,努力使译语读者的期盼和原作意图相吻合。

译者是要忠实原作选择直接翻译,还是进行改译选择间接翻译,要根据具体情况来定夺。从历史上看,18世纪至今实现了"走出去"的梦想的中国文学均进行了一定的翻译改写。

第六章 关联视角下从延安文学在美国看中国现当代文学走出去

这些译者从译入语读者的立场出发,为了迎合当时的思想潮流和宣扬自己的观点,对原作进行大幅的增删和改写。其间四个中国文学译本可称典范:分别是伏尔泰、墨菲(Arther Murphy)翻译的我国元代杂剧《赵氏孤儿》法语与英语译本,法国朱迪特·戈蒂耶(Judith Gautiei)翻译的汉诗法译文本《玉书》(Le Livre de Jade),庞德的汉诗英译本《神州集》(Cathy),和林语堂的中文小说英译本《中国传奇》(Famous Chinese Short Stories)。伏尔泰改写的《中国孤儿》和原作比,叙事情节和立意都变了:原本描写的是春秋时期晋灵公统治下的家族斗争,改后变成了宋元时期蒙古统治者与宋朝前臣的抗争;原本是一个晋贵族赵氏被奸臣屠岸贾陷害而惨遭灭门,幸存下来的赵氏孤儿赵武长大后为家族复仇的故事,改写后成了中国孤儿女主角艾米达忠于爱情,不惜生命,感动了成吉思汗,使其人性复苏的故事,体现了伏尔泰人性本善、文明战胜野蛮的启蒙主义思想。伏尔泰的剧本大获成功,上演时剧场人满为患,盛况空前到不得不从巴黎剧院搬到能容纳更多观众的枫丹白露宫演出。墨菲的《中国孤儿》的故事结构也迥异于原作。它描写了鞑靼民族入侵中原及中原民族的抗争。叙述了中原王朝被征服后,皇室家族尽被诛杀,仅剩幼年王子,王子成人后杀了鞑靼首领报仇的故事。剧本首演后二十几天内连演九场,当时著名英国文学批评家 Goldsmith 称赞剧本"意象鲜明,思想有力,吐词妥帖"。19 世纪下半叶法国当红女作家 Judith Gautiei 的法译诗集《玉书》出版后得到专业人士的普遍赞扬,作家 Paul

Verlaine 认为它已经超越了法国最伟大的诗歌作品，是"法国19世纪文化大合唱中的女高音"，但是书中71首唐诗中却有28首无法找到原诗。庞德的汉诗英译本《神州集》共18首诗歌，却包括了22首中文原诗的内容。译本一经发行就受到欧美读者的普遍好评，认为它是"英语诗歌中的经典"，也是庞德"对英语诗歌最持久的贡献"。林语堂的中文小说英译本《中国传奇》，原文多选自《太平广记》《京本通俗小说》《清平山堂话本》等唐人传奇与宋人话本，译本中的改写也随处可见：如《虬髯客传》(Curly-Beard)，原文中红拂女是"巨眼识英豪的奇女子"，被改为温厚善良的女性，来反衬男主角李靖的精明睿智。《碾玉观音》(Jade Godness)原本讲述了女主角秀秀追求爱情不得，化为厉鬼复仇的故事，体现中国善恶相报的传统文化主题，改写后成为男主角为艺术而毁灭自我的西方常见主题。如此改写，林语堂解释，是符合现代西方小说的做法。即他要保证译本与西方文化兼容的意识是十分明确的，不改写，以"忠实"为原则，就可能因为无法为西方文化接受而受到冷落。该书发行后在英语文化中迅速走红，很快成为很多读者的"枕边书"，其后多次重印，其中一些短篇成为美国文学教科书中的经典。可以说，正是在满足了目的语文化需要的前提下，这些译本采用间接翻译的方法在较长的时间段内或多次再版，或多次上演，或成为重要文学选读的常选篇目。

然而，学界在深度思考后提出，上述这些成功的翻译实践是否意味着当下的译者可以在翻译中国文学作品时全部采用间

第六章 关联视角下从延安文学在美国看中国现当代文学走出去

接翻译的策略,将改写视为中国文学"走出去"的一种现实选择呢?答案是否定的。这从几部中国当代小说翻译成英语时题目的改动可见一斑。王安忆的《长恨歌》虽然以忠实的译名 The Song of Everlasting Sorrow 出版,但出版社最初主张把书名改成《上海小姐》,理由是有这样一个书名做噱头好卖。只是由于译者白睿文(Michael Berry)一再坚持忠实于原名的翻译,才最终使《长恨歌》的英文版在美国非营利性的哥伦比亚大学出版社出版,不过仍加上了一个副标题《一部关于上海的小说》(A Novel of Shanghai)。上海是西方人熟悉的意象,也是放荡不羁的想象力的释放地,而"上海小姐"更令人联想到东方主义和东方情调,其中的意识形态内涵不言而喻。苏童的《妻妾成群》译成英文时用了该小说改编的电影《大红灯笼高高挂》(Raise the Red Lantern)的名字。虹影的《饥饿的女儿》被译成《江的女儿》(Daughter of the River)。这些译名中的"大红灯笼""江"很大程度上迎合了西方对于中国的所谓"东方主义"的想象,令西方读者联想到早已形成的东方文化的固有形象——大红灯笼不仅是一种喜庆的标志,也是性的象征,西方读者会联想到小脚、妻妾、充满神秘的中国意象的旧式宅院和悲剧性的东方女性形象;"江"令西方读者联想到中华民族的生命、文化和历史的象征——长江与黄河。可见,现实情况是翻译过程中如果为了适应目的语主流文化而改写源文本的观念和形式,往往会伴随着文化误读或扭曲。

回到延安文学译介的话题,夏默曾指出,那些包含了"本土形式影响下的古老思想或行为习惯"的作品"令人兴奋并常令人激动"。延安文学作为有着强烈本土经验的文学类型,一味地采用间接翻译改写并不会让西方了解真正的延安文学,随着中国文化软实力的加强,中国文学"走出去"战略也应当在新的历史时期采用新的翻译策略,译者应加大直接翻译的力度,对于确实理解有难度的信息也可以采取直接翻译加注释的做法,满足西方学者对东方传统文化的偏爱与猎奇心理,抛弃迎合西方文化的心态,增强文化自信,从而逐步地让原汁原味的中国文学真正地走出国门。

我们先来看以下翻译例证(1),该例选自1941年丁玲《文艺界对王实味应有的态度及反省》一文,1977年由美国学者凯娜·艾伦·鲁宾(Kyna Ellen Rubin, 1977)全文翻译成英语,收录在凯娜于1977年在美国佛蒙特大学(University of Vermont)发表的论文《从延安看抗战时期的文学问题:〈解放日报〉文艺副刊研究——1941年5月16日至1942年8月31日》中。(*Literary Problem during the War of Resistance as Viewed from Yan'an: A Study of the Literature Page of Liberation Daily - May* 16,1941 *to August* 31, 1942.)

例(1) "反面文章"的翻译

原文:

但这错误绝不只是由于我一时的粗心,而是与那时的编辑方针有关的。文艺栏曾因需要短小精悍,对外对内,文艺理论的论证的等等文章煞费苦心,甚至有只要能引起论争,哪怕是理论不成熟的文章,哪怕是反面文章……

(丁玲,《文艺界对王实味应有的态度及反省》)

译文:

"This mistake did not originate from a temporary recklessness on my part, but was related to the policy of the editors at that time. Because the literary colum needed short and forceful articles which aimed at the outside as well as at our own ranks, and debates on literary theory, etc., we caused lots of trouble to the point where we only wanted to be able to stir up debate. We did not fear essays whose theory was immature, nor negative essays (fanmian wenzhang 反面文章).

上述段落是丁玲在反思王实味的问题时所做出的自我反省,凯娜采用了直接翻译的方法,丁玲提到的"反面文章"在翻译成英文时,被直接译成"negative essays"。从中文语境看,丁玲所说的"反面文章"是指与《讲话》所倡导的主流思想不同的文章,英文"negative"是指"负面的,否定的",从字面上看和"反面文章"是契合的。然而很显然,英语读者很难准确理解"negative"的定义标准以及"negative"所包含的政治意图,译者也并不确定"negative essays"是否可以完全表述中文"反面文章"的意图,因此,译者将中文"反面文章"几个字作为注释添加进了译文中,很大程度上避免了翻译中文化信息和意识形态意图的损失。

虽然延安文学在国外的译介及传播是有现实困难的,然而在具体的传播过程中,应加大关注延安文学在海外传播场域的特点,在翻译作品时既要照顾译入语读者的阅读习惯,也要兼顾延安文学的文学性与政治性,以中国文学译介为媒介在世界各地传播中国现当代文学并建构中国文论话语权。

三、关联的局限性与"文学走出去"的未来展望

基于中国经济力量与其在全球的文化影响力表现出的明显的不匹配现象,国内文学翻译者及政策制定者应该重视这种文化软实力的受挫现实,并对中国现当代文学"走出去"的未来研究方向做出展望:

首先,应当指出每种理论都有其自身的局限性,关联理论也不例外。自从关联理论引进之后,国内对关联理论的研究日益深入,并且在语用学、翻译和二语教学等诸多领域都取得了显著成果。但国内研究仍存在一些局限性,有待学者在未来研究中不断创新、不断加深对关联理论的研究和探讨。关联理论虽然对翻译研究具有借鉴意义,但还远远不够完善。"关联理论不是为翻译研究而建立的,关联理论对翻译实践的指导作用还有很多的局限性。"(王建国,2003)关联理论最大的不足之处在于,关联性是一个定性概念,因此对关联性的度量构成了障碍,将"关联性"概念应用于翻译研究可能会导致一些个人和主观的评估。何自然教授指出:"关联性的概念……相当抽

象，含糊不清，不易被读者理解。"（何自然，1998）同时，关联理论翻译观还需要研究翻译的学者们在翻译实践中不断完善和充实，比如，从语料上看，对汉语语料和除英语外其他语种语料的针对性研究比较少，国内学者没有充分利用汉语优势，研究中缺少中国特色；从研究方法上看，用理论解释现象鲜有创新且过于公式化，缺少定性或定量的实证研究。基于以上，国内关联翻译理论研究未来应该更注重以下方面：一是可更多地关注国内经典或特色语料，以更开阔的视角进行研究。二是可更多采用理论分析与语料库研究或实验研究相结合的方式来解释现象，使研究成果更具系统性。三是可更多结合其他学科研究，使研究更具综合性和实践意义。

其次，在世界文学的视域下，中国文学走向世界的过程将是中国文学在和不同民族文学的对抗中、在文学权利角逐的过程中不断超越自我的过程。当年歌德提出"世界文学"的概念时，其所在的魏玛德国深受法国文化的影响，德国本土文学处于巴黎的文化阴影之下，很多德国的知识分子奋起用德国民俗文学对抗法国的文化殖民，在这样的文化困境中，歌德另辟蹊径，大量阅读研究各民族文学作品，寻求一种既区别于巴黎大都市文化，又超越狭隘的德国民族主义的文学形式，"世界文学"作为解决方案应运而生。以延安文学为例，延安文学就是一种超越狭隘民族主义的世界战争文学，"延安文学融入世界文学"的命题是在世界文学格局不断变化的前提之下展开的。有学者认为，"延安文学融入世界文学"是一个历史性的命题，因为延安文学在未来是否能够融入世界文学的新格局是一个历史的概念，只有时间才能给出确定的答案，然而，回顾历史，不难发现，延安文学曾经就是世界文学的一部分：世界文学的格局划分随着世界历史演进而不断发生着深刻的变化，延安文学受苏联影响较深，很多苏联的文艺理论和思潮都深深地影响了延安文学的发生和发展，作为世界左翼思潮的一部分，延安文学本身就是世界革命文学的一份子。在中国文学走向世界的过程中，应当具备超越狭隘民族主义的宏大立场。

再次，通过对延安文学在美国生存现状进行科学阐述和分析，从而讨论延安文学传播经验的可借鉴性与传播策略框架构想的可行性，并形成我国"中国文化走出去"的策略框架是未来研究的重点之一。世界文学的格局划分并非一成不变，以美国为例分析延安文学在世界文学之林的生存镜像具有重大的理论及现实意义。在中国现当代文学与世界文学对话的过程中，将延安文学产生发展的时代背景与当代文化环境的异同进行研究、分析、诠释，从延安文学在美国的生存镜像进行经验总结和理论提升，探索中国现当代文学如何以渐进的方式积累本土经验、争取中国文论话语权并参与修正"世界文学"观念和标准的方式，从而改变西方话语一家"独白"的局面，是一个值得探究的问题。延安文学在美国的传播属于延安文学的"传播与影响研究"，该研究一般从传播学、文学比较或比较文学的视角，深入探讨延安文学在美国的传播和影响，主要涉及以下一些层面：考察延安文学是通过哪些方式最大限度地实现了文学传播的目的，如何达到最直接的目标、教育和鼓舞最直接的受众、取得最显著的效果的；考察延安文学传播的主要载体——期刊与报纸，如何实现其媒介的呈示性、表现性和建构性，使其同质化功能与文学功能合流，媒介传播与文学传播协同，共同建构起延安文学关于民族国家的想象空间；考察延安文学的世界性传播，在当时及20世纪后半叶对世界文艺思潮演进形成的影响；考察延安文学在世界文学格局中的地位与意义等。在"传播与影响研究"板块，应从传播生态、传播媒介、传播制度、传播模式、传播者、受众以及文本内容等文学报刊研究的多角度切入，对延安文学做系统化的、纵深化的动态研究。在具体的研究中不仅始终要有宽广的文学史视野和理论视野，而且需要有世界文学的视野，也就是说，要在世界文学的格局中系统地总结中国经验和马克思主义理论的中国化。其中，延安文学在美国的传播经验对于"中国文化走出去"策略具有可借鉴性是构建策略框架的关键。

最后，关于中国文化以及文学的传播问题，也应当采用新的媒体传播研究范式，全球化、多样化的文化现象使得文学与多媒体产生了广泛而深远的联系，以文化、多媒体为平台，延安文学的研究还有很大的发掘空间。美国张英进教授指出："在美国做中国现代文学、比较文学和电影研究，其理论框架基本都是一样的。"唐小兵在《美国华人批评家访谈录》中指出："从30年代到70年代这段时间的中国现代文学，有一个很大的特点，就是它完全是多媒体的。一个故事或一个形象可能源自小说,后来被不断翻译成戏剧、电影、宣传画、连环画、地方戏剧以及其他,而目前不管是中文还是英文学术圈,对这个跨媒体的研究还远远不够。……跨媒体是一个文化现象,一个基本的政治信息、价值观念常常要全方位的得到贯彻、宣传、渗透,于是跨媒体的现象自然而然的出现。"美国学界从20世纪80年代就开始了中国电影的研究。1983年,程季华、陈梅在加州大学洛杉矶分校首次开课,美国历史学、政治学、社会学学者随后开设中国电影课程,以电影为媒介分析中国政治、历史与文化,其中不乏延安时期的相关内容;美国大学的比较文学或中国现代文学学科开设了中国电影课程,美国学界将电影作为一种文本,诸如《青春之歌》《舞台姐妹》《红色娘子军》等电影使文学从历史的"景观化"中走出来,将文学文本以另一种美学形态呈现出来,讨论电影怎样反映了社会文化和意识形态的发展;鲁晓鹏(Sheldon Hsiao-peng Lu)在2007年出版了《中国现代性与全球生命政治》(*Chinese Modernity and Global Biopolitics*,2007)一书,从19世纪后期到现代全球化背景下对中国现代性进行多媒体跨学科研究,书中第七章《历史、记忆、怀旧》中在提到全球化概念时,对大众视觉文化进行探索,通过一些中国电影和电视剧来讨论社会主义时期的怀旧问题,进而从"怀旧"角度讨论"生命政治"问题,其《后记》追溯了"后社会主义"一词的谱系,并指出了这一思想与二十世纪中国日常生活研究的真正意义。这些与延安文学相关的多样化研究本身会触及更深层次的诸如"区域现代性""国族想象""身份认同"等问题，也会在一个更广泛的平台上发掘延安文学的价值，为中国现当代文学与世界的对话提供丰富的理论与实践依据。

随着中国的国家认同与全球软实力的不断提升，在"一带一路"整体战略顺利推进的国际大环境下，在广泛的文化交流的现实背景下，中国现当代文学海外译介的工作有望打破"西方中心主义"价值观下的文学桎梏，增强中华民族的文化自信，融入世界文学，逐步发展壮大并确立中国现当代文学在世界文学格局中的地位与意义。

附录：基于关联翻译理论的译文《故事外的故事》

——摘自贾平凹自传体小说《我是农民》

故事外的故事
The Story Out of Stories

译文：

The Story Out of Stories (1)

Often I thought, as long as she could take the slightest initiative, I would respond with full actions, but she didn't seem to have that initiative. My lifetime cowardliness was rooted from then on, however sensitiveness and rich imagination was little by little cultivated in that timidity.

I always dared not to be close to Lao Ren in the Command

Office. This southerner had slurred speech and a gloomy face, and he smoked heavily. I once asked Fu Yin about Lao Ren, however Fu also had no clear clue about Ren's past. It was said probably he used to be a cadre in the regional Water Resources Bureau, but for committing some mistakes, he was transferred first to the county then to the reservoir. All the families of the leaders in the Command Office once came to visit, but Lao Ren's family never showed up.

It was a mystery whether he had family, but no one had the gut to ask him. Once, Grandpa Cao, responsible for digging ditch on both sides of the mountain ridge in downstream Miao Groove, came to the Command Office with a big basket of soft persimmons. He was my distant relative with the same family name, and because he was senior in the family, I called him Grandpa Cao. Lao Ren was invited to try the persimmon, so I went to the cabin where he lived. The cabin was in the hillside behind the Command Office. The door was opened, and Lao Ren, with cigarette in mouth, was sitting on the threshold and gazing at the apricot trees of the opposite hillside. It was completely subconscious that while smoking a cigarette, he began to rub and twist another cigarette ready. When the cigarette at hand was about one inch long, he would connect the cigarette end with a new one. He smoked three cigarettes in a row this way without even noticing that I was standing beside the cabin ten meters away. Finally with a

207

cough, I said: "Lao Ren, Lao Ren, Grandpa Cao asked you to go!" He was surprised to see me, yet absolutely still, and said: "He's your grandpa, not mine!" I replied: "My grandpa Cao invites you to try some soft persimmon!" Putting on his clothes, he headed to the Command Office, asking me to pick up the clothes on the stone behind the cabin, in case that they would be blown away.

  I collected his clothes and for the first time stepped in his cabin. The cabin was in a mess, yet on the desk was a huge bowl used as flowerpot. Inside was flower blossom as red as blood. I was very much surprised. People in the village, even the cadres, never planted flowers, but such a tall man with a dark-skinned face, too serious to have any interests, would raise a pot of flower? Half a year later, Lao Ren was transferred to other place. Grandpa Cao, no longer in the ditch construction site, came to work in the dam site, and he was in the cabin where Lao Ren used to live. I was very close to Grandpa Cao. He liked hunting, and he made explosive balls by wrapping explosives with chicken skin. He brought me with him at night while burying those explosive balls under the root of the mountain for catching fox, and we once talked about Lao Ren. Grandpa Cao said, Lao Ren was a famous university graduate, and he had a belly of knowledge. But after graduation, he found no use for his knowledge. He complained, put forward opinions, and then was criticized, so since then he wilted. Speaking of this, Grandpa Cao pointed to the apricot trees on the hillside and said, "Have you ever been to those trees?" I said, "No." Grandpa Cao continued: "Lao Ren said, every day when he watched those trees, the trees talked much to him" I said: "This is not possible. How could the trees talk? The trees become nymphs?!" I later went to the mountain ridge to examine those apricot trees, yet the trees were with small and astringent apricots, nothing special. I then guessed Lao Ren must have been in some mental disorder. Later in the office, Li Zhi Wen occasionally told us that Lao Ren left here just because of his suffering from insomnia night after night. I was then proud of my correct judgment towards him, but Li grunted, "You little boy! How to explain this to you?" He explained no more.

When we got acquainted with Li Zhi Wen, we no more acted our age. We imitated his tone of speech on the migrant workers conference, and mimicked his duck-walking style. He thought high of my writings, saying when the dam was built, he would recommend me to write essays for the propaganda department of the County Revolutionary Committee. But he loved to revise other people's manuscripts. At first I remained silent at whatever changes he made, but later I changed back his modifications, which I thought not good. He was unhappy with that, and said: "Do you think I made poor changes? I was once called 'the first pen' in the propaganda department in the county! Who wrote the tribute telegramfor the establishment of the Revolutionary Committee? Me!"Li Zhi Wen finally didn't recommend me to the propaganda department in the county, for before the finish of the dam, I was to go to university, which he spared no effort to support. On the recommendation meeting which the staff of the dam site were summoned to take part in, he praised me highly, even saying that my writing was much better than his, and as a talent, I deserved further education.

In the summer vacation of my second-year of university, I specially paid him a visit when I returned home. He was quite overweighted. Hard to hug me, he vigorously patted me on my waist with his short hands, and said: "After graduation, return to our county's propaganda department, let's write together. You will surely be 'the first pen'!"However, I did not return to Dan Feng County after graduation. I began to work for the Shaanxi People's Publishing House because they went to our university and I was employed. From then on I had a Hu Kou (permanent residence registration) in Xi'an city, and became a Xi'an citizen. When I once again returned back to Dan Feng County, the Miao Ditch Dam was done, but he passed away. His hometown was in the mountains far away. I didn't pour out a libation of wine, instead just facing the direction of his home in the cold wind, silently praying his soul rest.

Ten years passed by in a blink, and for collecting some folk tales I went to a remote small county, where I knew a clerk in the propaganda department, for he once published some literary works. He was accompanying me for a week, telling me lots of stories of the propaganda department. At that time, he was not "the first a pen" in the county, but the so-called "first pen" was in hospital for three days, being in lethargy. At the time when a chief leader from Beijing would come and inspect the work," the first pen" was assigned to get the report material ready as soon as possible. Holding five packages of cigarette, the poor man entered the county hotel, without one step out of the hotel room for 7 days and nights. The material was ready, but the leaders of the county government were not satisfied with the somehow shortage of the essay, and put forward lots of opinions. Shutting the door again," The first a pen" improved the material for another two days. On the third day, the chief from Beijing came. "The first a pen" went back home to have a rest, but failed to sleep anyhow, so he was sent to the hospital and was given injection. However, he fell asleep for three days and three nights without waking up. My friend brought me to the hospital to visit "the first pen", and he was still in a coma. Being in tears on his bedside, his wife was sorrowful for her husband, and said that he wrote so much material almost at the cost of his life. It was said the chief leader did not want to listen any more after one-hour's report, and he proposed to see the real scene in the villages. Then the whole piles of materials were in no use but waste paper. Out of the hospital, I suddenly remembered Li Zhi Wen, and secretly rejoiced that I did not go back to the propaganda department, nor became "the first pen" of the county.

The Story Out of Stories (2)

The stories happening around me were recorded in my diary. A lot of people hoped to be part of those stories, and were eager to know how they were portrayed, but the cook in the Command Office was so afraid to be mentioned in my diary. He asked: "Have you put me in your stories?" I said, "No." He replied "But Shun Zheng said you wrote about me!" I said: "He was teasing." Then he continued: "Don't write about me. If you do, you must portray me as a hero!" But I indeed didn't note down a single word about him, and for the so many ridiculous things, he couldn't be any hero. Every day when the migrant workers left for the site, inside the Command Office were only me, Fu Yin, and Junior Gong of the electrical workshop. While we were duplicating the battle report, he went to the office from the kitchen, singing an opera. With sweat shining brilliantly in his bald head and a towel on his shoulder, he stepped in, squatted on the long bench, and with no exception he started with his baked Guokui(Local crusty pancake), saying how golden-brown the Guokui was baked or how silky the noodles for today were. I was bored of him talking about this, which only made me feel hungry. So I did not respond and Fu Yin also kept silent with a smile.

Realizing nobody responded, he turned on the only radio in the Command Office to the highest volume, and then immediately people were gathering, with Guan Yin always the first to come happily. Guan Yin was said among the migrant workers to be a fool, eating no matter hungry or full and sleeping no matter day or night. But he was the most hardworking guy, never minding the hard dirty job. As long as you promised him like, "Guan Yin, you do this, and today you will have one more cake!" He replied, "Keep your words" and then chuckling happily he went for the work. He was selected as the advanced worker for five times in succession. But the toes of this "Advanced worker" were hit by the stone in the construction site. Being idle, he came with a giggle when the radio was on. When Guan Yin came over, the cook began to tease him by asking whether he missed his wife. He replied yes. Then the cook continued to ask which part of him missed his wife. Guan Yin answered that it was his head. The cook said: "I'm afraid it is not your head but here?" and poked his crotch with a wood stick. After that the cook shooked his head and said, "What the meaning of life was if man lived this way, knowing nothing but eating and working. When I was in the county cooking for director Wang, his house..." He began to tell his glorious history. More than once he talked about cooking for director Wang, with nothing special but those things like Wang was a lover of noodles, he ate with sweat all over his head, and he must have a bowl of noodle soup in the end. "Well," the cook continued, "it was not noodle soup, but silvery noodle soup indeed." Wang's mouth was square-shaped, and his excrement was square too. Also, the director Wang had a nephew in the provincial capital, who went to work by plane, and read books as thick as bricks.

I said, "Guan Yin is the advanced worker, and you teasing him like this? Last *Battle Journal* reported his glorious wound!" The cook was with no words, silent for a long time, then asked Guan Yin, "Your feet better?" Guan Yin said: "No." He said: "To pry stone on the cliff, others dared not to go, but you did. What did you think of?" Guan Yin said: "I thought, somebody had to go, so I went." He said: "No, you must have thought of Chairman Mao's teaching, to win victory without fear of sacrifice or great difficulties, haven't you?" Guan Yin said: "I never knew such long words." Shooking his head once again, the cook showed more disrespect to Guan Yin than ever before, and said: "Go get the pig head in the kitchen and remove its hair in the river. When pig head done, you can chew the bones!" Guan Yin indeed went to the river with the pig head. Fu Yin and I laughed, and said you really know how to interview! He said: "I learn from the person I am with, and I can lead as well as Lao Ren does!" Well, Lao Ren happened to walk back from the front road. Lao Ren must have heard what he said, but did not say anything, merely scowled. The cook hurried to the kitchen and back with water for Lao Ren to wash his face, yet Lao Ren ignored that, nor did he wash his face, but asked, "What for dinner?" The cook answered, "You love the baked Guokui, so I specially made Guokui to go with rice porridge and pickled cabbage!" Then he set the table and went fetch the chopsticks. Seemingly for the sake of cleanness, he rubbed the chopsticks in his elbow. Lao Ren was roaring in fire: "Who let you clean the chopsticks this way? Are your clothes clean?!" He was there dumfounded and blushed. Fu Yin and I chuckled. Junior Gong gloated over with his lips smacked loud. The cook knocked at the Junior Gong's head in anger, and scolded, "Smack again, you son of a bitch!"

After a month, finally Lao Ren no longer let him cook, and he was assigned to the construction site, responsible for pulling the rope of the clay boxes in the cableway. Unexpectedly he died a few days later. The dam needed to be filled with clay, and the clay must be taken from the top of the hill on the left side of the reservoir area. Therefore a cable was erected from the top of the mountain to the slope of the dam. There were six or seven wooden boxes full of clay on the iron rope. The wooden boxes went down to the half slope and stopped. Pull the rope at the bottom of the boxes, and the clay could dump down. That day while he was pulling the rope of the last box, a mistake occurred. As planned, only when people on the slope waved the flag, the noose machine could be turned on. However this time without the flag waved, the noose machine was turned on, and the wooden boxes began to ascend. Ren's hands were still holding the rope. People shouted, "Throw the rope quick!" But he could not, if he did, he would roll from the slope. The wooden boxes were dozens of meters away from the slope in a sudden, and the crowd then shouted, "Don't release, hold tight!" The wooden boxes were moving to the top of the mountain even faster. He was holding the rope of the box and was hanging hundreds of meters high above. The rope was tied to the bottom of the box, swaying. In the wind, he kept rotating left and right, and then his figure became invisible. All the staff in the construction site witnessed this, and thousands of people screamed. Someone ran after the shadow of the wooden box, which passing over the dam, the channel, and approaching the other side of the mountain. Three minutes later, he could have safely arrived at the peak, but he finally could not hold, and fell down. People cried and ran down the hill only to find him huddled in the rocks, with the upper and lower body folded together. His head was compressed into the shoulder and he died. He was the second person died in the dam construction site. After his death, we all blamed Lao Ren, but saying, "If he were still alive, and had arrived on the peak there, who knows what the hell he gonna boast of!"

While working in the dam, I returned home on a monthly basis, with a basket of fire wood every time. We actually in turn cut the fire wood in the mountain twenty miles away for the migrant worker kitchen, but usually half of the sixty or seventy kg of fire wood would be secretly kept in a yard in the upstream mountain village, and the rest of the wood would be taken back to the kitchen. Then during the night, the fire wood left in the yard would be carried back to one's own family. This jobbery practice was very popular, yet no one would uncover such open secret. Naturally I did exactly the same, but I was not strong enough to carry the wood home overnight, so I stored it in the back yard of the Commend Office, and brought little by little every time home. My father was delighted to know I worked for the **Battle Journal** in the dam Commend Office. He asked me to bring him back every issue of the newspaper, and he would wear his glasses and read through several times carefully, often spotting out some wrong characters. The two yuan subsidized by the Command Office per month was rarely spent. I took it home and gave it to my father. My father used almost half of it to buy envelopes and paper to continue sending the appeal materials, and half to buy salt for the family.

However, my father got into the habit of drinking. He was a hospitable person. In the past, there were constant guests at home. As long as the guests came, he would ask them to stay for dinner. He would go to the shop to buy a bottle of wine, and then said to my mother, "Make some dishes to go with wine!" Easily he commanded, yet my mother was in dilemma, where could she get any vegetables? There she could only scramble only a few eggs left. While my father was drinking, mother always asked us kids to play outside. We came back when the guests were gone, and mother would leave us a bowl of noodles in the pot, sometimes only noodle soup. Now, the guests were few, even though some came, there were no more noodles or drinks for the guests. Father would take out the hookah, rubbing the corn stigma as match, and over and over again persuade people to smoke. On Sunday, my uncle and cousin came, and they would bring wine to drink with my father. There were no more words for comforts, because wine was the affection among brothers and nephews, and everything was in the wine. At such a night, two brothers and their nephew in turn used the same wine cup, with no dishes just drinking. And they shared the hookah as well. If I were back from the dam, I would sit on the side together with my brothers and sisters. We had no share of wine, only instructed to boil water, make a pot of cheap crude tea like cotton leaves, go get a bowl of pickled cabbage, or cut a dish of green pepper.

Mother also sat aside with us, stitching soles of cloth shoes, and the pulled thread was screeching. Father was impatient with the annoying sound. Mother had such a good temper. She would stop and sit there without uttering a word. The wine generally cost one yuan around and the cheap wine easily made drunk. Often my father was the first to get drunk, and then he began to tell us his grievance. The words he said most were, "I never harmed anybody in my whole life, why I deserve such ending?!" Upon hearing this, I would feel sad, "No more drink, no more drink. What the benifit in wine, but hot and stomach-burning!" Father glared at me, and scolded: "It is not your turn to speak here!" He then said to mother: "I asked you to cook some dishes, but you did not listen. Aren't there any eggs?" Mother said: "Eggs? Don't you know all sold on the fair yesterday?" Father didn't believe her, then turned to me: "Your mama is stingy. She won't let us eat. You go check the cupboard, are there any eggs?" I rose up to open the cupboard in the central room. My mother squeezed at me, then I understood. When opened the cupboard, just as my father expected, there laid four or five eggs, yet I said: "No eggs, even the shell is gone!" Father said: "Really gone? Let's drink again!" He would not stop until finish the wine brought by my uncle, and finally got drunk.

The Story Out of Stories (3)

The more my father was addicted to wine, the more wine my uncle and cousin managed to buy for him. The more he got drank, the more he was addicted. However, he was not able to drink as much, for he got drunk with just a quarter pound of wine. My mother and I asked my uncle and cousin not to give him any wine, but my uncle said: "He feels bitter. Just let him drink, and he would not think of anything when drunk." Later when my brother said that those letters he sent out had no response, my father was kind of disappointed. He often said he was to buy envelopes and paper with the two yuan I gave to him, but ended up with a bottle of wine back. I then had to warn my younger brother that since it seemed no use to stop his drinking, he'd better stay aside with my father, in case that my father would fall down while drunk.

One of the drizzling days, my brother suddenly came to the construction site, saying my parents asked me to go back home. I didn't know what happened and asked my brother, however he did not give me a clue. I went back home at dusk. It turned out that an old cow of the production team rolled down the slope and died while ploughing. Every household got some beef and my parents wanted me to come back and have some fried beef with turnip. I appreciated my parents'good intention, but I was unhappy because it was not worthwhile. I thought of the time when we had pork dumplings in the construction site, I had planned to save a bowl of dumplings for my parents; however I could not help eating up all and I was regretful for not showing any filial piety. During the National Day, the construction site intended to improve our meals by cooking some meat. This time the meat was cut into slices of exactly the same thickness, so that the number of the meat slices was especially counted. Everyone was distributed with five slices. I finally controlled my greed, with two slices taken and three wrapped with tree leaves for my parents. Back home, my mother told me a big issue about my first marriage.

Mother said she sent someone to speak to the girl's parents, who moved to the middle of the street from Chen Jia Gou. The girl was a cadre's daughter. She was educated, and because there were few girls like her, if things can work, it would indeed be a good marriage. When mother said this, she smiled, gentle and bitter, as if she was sorry for her son. I was under 18 at that time, but I was one of the few young men in the village who were not engaged. I didn't mind what my mother had said. I was confident that I would not be single, and would get married with the most beautiful girl in the world. The second day early in the morning, I was going to the site, but my mother insisted me to stay and wait for the matchmaker. I then carried water in the spring. Early in the morning on the village road I met a girl, tall with big face and big eyes. She was pretty and carried a basket of bowls and pots. I seemed to know that she was the cadre's daughter from Chen Jia Gou, and when seeing she was carrying the kitchenware, I realized this was the girl my mother mentioned. She was pretty and I dared not to look at her. She was going to put down the basket and have a rest, however when noticing me, she left with blush. I thought if it was really her, yes, beautiful, but my heart was filled with the one who called me uncle, so where could I find a place to put her in? After breakfast, the matchmaker came. When she saw me, she did not say anything but winked at my mother to the door. They two stood under the wall of the toilet and talked in a low voice, and then she left. Mother came back with a gloomy face and said, "Her mother is not willing to marry her to you. Without your daughter, won't my son get married?!" I said, "I told you to stay out of my business! What did she say?" Mother said: "Her mother said her daughter was still young, and would go to college. It is not the time to talk about this. This is indirect refusal; she is not in favor of us."

The sudden refusal and hurting words drove me mad. I blamed

my mother for interfering in my business and bringing such annoyance. I said, "Does she want me to marry into her family and with my family name changed into hers? I won't do that!" For there were all girls born in her family, they did not have boys to enherit their family name. Upon hearing this, my mother was no more embarrassed and she immediately said, "Right, we won't do that, even if they wish!" I returned to the site, and continued to love the one I loved. On the road, there was a persimmon tree, the leaves were falling, but on the top of the tree were a few persimmons left as red as small lanterns. I climbed up the tree with great difficulty and pick them down. I did not eat them; instead I put them in the basket and brought back to her. However, in her dormitory I was to show those persimmons to her only to find they were all broken by shaking all the way.

The theatrical performances on the construction site were held every once in a while. The actors were from the migrant workers and they were all the elites. Of course she was one of them. The performance was all about songs and operas. Others might be on the stage for one or two shows during the night, but she was giving the performance practically all the time. When she appeared, my eyes were staring at her, which I usually dared not to do, but now she was all in my eyes. After the show, stage properties like curtains, gongs and drums had to be put in the Command Office. When she came, I said to her, "What can you see in my eyes?" She bent over to see what was inside. "Nothing," She said. And I continued, "Cannot you find anyone inside?" Of course she saw herself, such a small figure. She blushed, blew a breath into my eyes and said, "I call you uncle!"

I was happy with the way she was talking to me. But when she was gone, I thought: What did she mean? Didn't she know that I loved her? Or she did know it but she refused me indirectly? But if she were to refuse me, the way she bent over, the air in her eyes, the blowing of her chubby lips showed not a slightest sign of refusal! I couldn't sleep. My body was burning, yet I would not disturb people in my room, nor would I show any flaw, so I went alone to the river beach in the bright moonlight. With the babbling of the water, I carefully recalled her every little action, softly murmured her name, and experienced the changing in my body. I decided that I had to see her tomorrow, to express my affection. I even had prepared the words, which was interlocking, logically cogent, and literally gorgeous, and I myself was so moved by my genius that my eyes were wet. But when I saw her on the following day, my tongue was tied up, and I told her that I came to visit Grandpa Cao, and I did not expect to see her! And then I asked about when the next performance would be, who performed the best, and who the worst, also I talked about the weather, the rain and harvest in the year, and all the boring topics like those. I was timid, talking in a roundabout way, and when the right words were just around the corner, they once again slipped away from me. I was like poor Ah Q(Ah Q is the protagonist in the novella *true story of Ah Q* by Lu Xun), who could never make the two ends of a thread meet. Was I a coward? For one I could not speak out those hot burning words, for the other I feared what if she changed her face and thought of me as a hooligan? Even though she had not scolded me, what if she refused me mildly? Often I thought, as long as she could take the slightest initiative, I would respond with full actions, but she didn't seem to have that initiative. My lifetime cowardliness was rooted from then on, however sensitiveness and rich imagination was little by little cultivated in that timidity.

The Story Out of Stories(4)

The Command Office was in two rented rooms, and the landlord family lived in the next door. They had a daughter, tiny and exquisite, who was moving thousands of miles to the lonely valley. After seeing much of the world, she quickly became mature, just like a green persimmon turned red and therefore soft and sweet. She followed the suit of those girls in the performance like keeping a pony tail, putting on cream, and she wore a grey blue pant which was magically sometimes narrow sometimes loose. Her mother often scolded her in public, "I told you to pick beans in the field three or five times. You didn't say a word. Why look into the mirror? Be careful the ghost in the mirror takes away your soul!" While I was cutting stencils, she often sat on the stone and made shoes in front of the door. She was good at all sorts of designs. I looked up and found she was looking at me. Realizing that I noticed her, she turned her head off in a hurry and called her sister at the flood land, while her sister was not there at all. The neighbor of the landlord was an old lady. She never brushed her teeth but her teeth were shining like white porcelain. One day she said to me on a whim: "Has your mama found you a wife?" I said I was in no hurry. She said, "Still in no hurry? You are already with beard, no hurry?" I touched my mouth, yes, with beard, tough beard, so I pulled them out with a clip and said, "My wife is now being fed in my mother-in-law's home". Then the old lady pointed her landlady who was pulling onion in the flood land and said: "Is she your mother-in-law?" An Fu laughed on the side, it seemed that he said, "This is a perfect match, they two are of the same height." In fact, I was higher than the little girl. I told them to stop the nonsense, and then everyone laughed. The landlady came over with onions and asked why we were so happy? An Yin said: "Ping Wa said you would make dumplings with onion? If true, would you give him some?" The woman said: "Alright, alright, as long as

Ping Wa does not mind, just come and eat!" Indeed that day she made dumplings with turnip and onion, and she gave me a bowl of dumplings. The joke might also spread to the ears of that little girl, and she saw me with shyness. One day, I was writing a notice for the Command Office on the wall blackboard of her house. It was noon when the sun was brightly shining, the river was babbling and the cicada was ceaselessly tweeting. While I was writing, I sensed someone snooping over the wall, and then a little girl of yellow hair showed up. She quickly ran to me with two steamed sweet potatoes in hand, and said, "Hold this!!" While I just got the potatoes, Fu Yin happened to come over from the clinic, smiling, "Hey, hey!" The little girl flushed and ran away. I had one sweet potato, and gave Fu Yin the other one. I warned Fu Yin, "Won't you tell others about this! I don't mean it, so do not hurt her." The little girl was very lovely, but I already had someone in my heart. From then on, being open and aboveboard, I went to her home in a natural way. My loved one often went with me, and we were allowed to rummage through her chopping board and pot table to find something to eat. When the little girl found that I was talkative while being with the one who called me uncle, she no longer looked at me in shyness. But she still offered me things to eat, sometimes in public sometimes not, with a more natural manner.

原文

故事外的故事(一)

我常常想,她只要能主动一分,我就会主动十分,可她似乎没有那一分的主动。我一生的胆怯也就从那时开始了,而敏感和想象力丰富也就在胆怯里一点点培养了。

指挥部的老任我总是不敢接近他,这个南方人说话含糊不清,阴沉个脸,一根接一根地吸烟。我问过福印,福印也说不清他的来龙去脉,说好像是地区水利局的干部,也是犯过什么错误,才到了县上又到了水库上。指挥部所有领导的家属都先后来过,唯独老任没有。

他有没有家属这是个谜,但谁也不敢问他。有一次,从苗沟下游两边山梁上负责开挖水渠的曹爷——他是我的本族,辈分高,我得叫他曹爷的——来到指挥部,带了一大篓软柿子,要我去找老任也来吃,我去了老任居住的那个小屋。小屋在指挥部办公室后的山坡上,门开着,老任就坐在门槛上望对面坡梁上的一丛杏树,嘴里叼了烟。他完全是下意识的,一根纸烟吸完,手里就把另一根纸烟揉搓着,待这根吸到一寸长了,烟屁股就接在另一根的烟头上,竟一连三根吸过了还没有注意到我就站在小屋旁 10 米之外。我终于咳嗽了一下,说:"老任,老任,曹爷叫你的!"他怔了一下,看见了我,纹丝不动,说:"是你曹爷可不是我曹爷!"我说:"是我曹爷,他让你去吃软柿哩!"他披着衣服就往指挥部办公室去,却要我把晾在屋后

附录：基于关联翻译理论的译文《故事外的故事》

石头上的一件衣服收了放到屋里去，免得起风吹跑了。

我收了衣服第一次进他的小屋，小屋里凌乱不堪，但桌子上却有一只大海碗做了花盆，里边栽着一株花，花开得红艳如血。这使我十分吃惊。农村人，甚至在农村工作的干部，从来没有人养花的，而他这么一个黑脸大个子，都认为严肃得没了情趣的人竟养一盆小花?!半年之后，老任调走了，曹爷从水渠工地上又来到大坝工地，他住进了老任的那个小屋。我和曹爷的关系是亲密的，他喜欢打猎，用鸡皮包了炸药做成丸子状，夜里去山根放药丸炸狐狸就把我带着，我们说过一次老任。曹爷说，老任是名牌大学毕业生，学得一肚子的本事，可毕业后却没有用武之地，他发过牢骚，提过意见，因此受过批判，从此人就蔫了。曹爷说到这儿，指着对面坡梁上的那丛杏树，说："你去过那树下吗？"我说："没。"曹爷说："老任说，他每天对着那树看，树给他说过许多话。"我说："这不可能，树怎么说话，树成精啦?!"我去了山梁上看过那丛杏树，树上结了小而涩的山杏，树并没什么特别处，我就估摸老任是神经上有毛病了。后来李治文在办公室偶尔说过一次老任调走是因为夜夜失眠得厉害，我就得意我的判断是正确的了，但老李哼了一声，说："你这娃！怎么给你说呢？"他到底没有说。

李治文和我们嘻嘻哈哈混熟了，我们也就没高没低没大没小，学他在民工大会上讲话的声调，学他鸭子样的走路。他夸奖我的文章，说等水库修成了，他要推荐我去县革委会宣传部写材料。但他的毛病是爱修改别人的稿子，先是他怎么改我都

229

没意见，后来他改过了我觉得不妥又恢复原状，他就生气了，说："你以为我这样改动不好了吗？我在宣传部工作时乃是县上'第一支笔'！革命委员会成立的致敬电是谁写的？我写的！"李治文最终没有把我推荐到县宣传部去，因为水库还没有修起我就去上大学了，而上大学他是竭力支持的。他甚至在召集水库工地有关人参加的推荐会上，为我说了一大堆赞美话，说我的写作水平超过了他，是个人才，应该去深造。

大学二年级的暑假里，我回故乡时专门去看过他，他那时发福得厉害，搂抱我又搂不住，两只短短的手在我腰际使劲地拍，说："毕业后一定回咱县吧，你就到宣传部来，咱们一块写材料。你会成为'第一支笔'的！"毕业了，我没有回到丹凤县，因为陕西人民出版社来学校把我要去了，我从此有了西安户口，是西安城的市民了。但我再次回到丹凤，苗沟水库已修好，他却去世了。他的老家在很远的深山里，我没有去他的坟上奠杯酒，只是伫立在寒风里，面向他家的方向，默默地祈祷他的亡灵安息。

眨眼又过了10年，我采风去了一个边远的小县，小县里宣传部的一位干事发表过一些文艺作品与我相识。他接待了我一个礼拜，讲了许多关于宣传部的故事。那时，他并不是县上的"第一支笔"，但号称"第一支笔"的那位住院已经3天了，3天里昏睡不醒。当时北京的一位首长要来视察工作，"第一支笔"的任务是必须尽快拿出一批汇报材料。可怜那人就拿了五条纸烟住进了县委招待所，7天7夜没有出那间屋子。材料是

附录：基于关联翻译理论的译文《故事外的故事》

写出来了，县委县政府的领导又认为这里没有写足那里没有写够，意见提了一大堆。"第一支笔"又关起门修改了两天。第三天，北京的首长到了，"第一支笔"回家去睡觉，但却怎么也睡不着了，送进医院，注射了针剂，睡着了却三天三夜不醒。我的朋友领我去医院看望了那"第一支笔"，他还昏睡着，守在床边的老婆流着泪，悲哀着她的丈夫，说他几乎搭上了命写就了那么多材料。据说首长听了一个小时的汇报后就不愿听了，提出要到一些乡社实际去看看，那一堆材料就没用了，成废纸了。出了医院门，我突然想起了李治文，暗暗庆幸着我没有分回县上的宣传部，没有成为县上的"第一支笔"。

故事外的故事（二）

我的日记本里记载了身边发生的故事，很多人都希望我能写到他，并且要看看写出的他是什么样子，但指挥部的炊事员却唯恐我写了他。他说："你写了我啦?"我说："没。"他说："顺政说你写了我啦。"我说："人家是逗你的。"他说："你不要写。如果你写，你一定得写我是英雄人物！"但我确实没有写他，他不可能是英雄人物，他只有许多荒唐可笑的事。每天民工上了工地，指挥部办公室里就留下我和福印，还有电工房的小巩，我们正油印着战报，他从厨房里唱着戏走到办公室来，汗水光亮地在秃得没了几根头发的脑袋上，肩头上搭一条毛巾，进门往长条凳上一蹶，必然开讲他的锅盔烙好了，锅盔烙得多么黄，或者是今天吃臊子面，面擀得一窝丝似的。我是烦

231

他说这些的，他说起这些只能使我觉得肚子饥，不理他，福印也是笑而不答。

他见没人理他，就去打开指挥部唯一的那台收音机，而且音量拧到极限，立即就能招引来一些人，最早笑嘻嘻来的就是关印了。关印是棣花民工连的愚人，吃饭不知饥饱，睡觉不知颠倒，但他是最能出力的，什么苦活脏活，只要说："关印你去干吧，今日灶上做了烧饼，多给你吃一个！"他说："说话要算话哩"，"嘿嘿嘿"笑着去干了。他是工地上连续五次评选出的先进分子。"先进分子"在几日前的施工中被石头砸了脚趾，闲下来了，一听见收音机响他就"嘿嘿嘿"地踱过来。关印一来，炊事员就要作践他了，问他想不想媳妇？说想。又问哪儿想？说头想。炊事员就说："头恐怕不想，是这里想吧？"用柴棍儿捅人家的交裆。然后摇头说人活到这个样有什么活头，就只会吃饭和干活，"当年我在县上给王主任做饭的时候，他家……"他又开始讲他的光荣历史了，我不止一次听他讲过给王主任做过饭，无非是王主任爱吃捞面，吃得满脑袋汗水，还要喝一碗面汤，不，面汤应该叫"银汤"。王主任嘴是方嘴，屙屎也是方的。还有，王主任的一个侄儿，在省城工作，坐着飞机上班的，读砖头一样厚的书。

我说："关印是先进分子，你就这样作践他呀？这一期战报上还有写他光荣负伤的报道哩！"炊事员就不言语了，闷了好久，却又问关印："脚还没好？"关印说："没。"他说："去半崖上撬石头，别人不敢去，你却去了，你是怎么想的？"关印说:"我想,总得有人去吧,我就去了。"他说:"不对,你一定想到了毛主席的教导,下定决心不怕牺牲排除万难去争取胜利,是不是?"关印说:"我背不过那么长的话。"他又摇摇头,越发看不起关印,说:"你去把厨房里的那个猪头拿到河边退毛去吧,煮肉的时候,你来啃骨头!"关印真的提了猪头去了。我和福印"哈哈"大笑,说你还真懂得采访嘛!他说:"跟啥人学啥人,要叫我当领导我不比老任差!"但偏偏老任就从门前小路上回来。老任一定是听见了他的话,但老任黑着脸没言传。他赶紧去厨房给老任端了洗脸水,老任没有理,也不洗脸,问:"什么饭?"他说:"你爱吃锅盔,专门做了锅盔,熬的稀饭,炒了酸菜!"就端饭菜上来,又去取筷子;似乎为了干净,竟将筷子在他的胳膊肘内擦了擦。老任就火了:"谁让你这样擦筷子?你那衣服就干净吗?!"他瓷在那里,满脸通红,我和福印就抿着嘴笑,小巩还嘴里喷喷哑着响,幸灾乐祸。他一怒敲了小巩的头,骂道:"响你妈的×哩!"

一个月后,老任终于不让他做炊事员了,他去了工地,在索道卸土处负责拉土箱的绳。没想干了几天就死了。大坝上需要填粘土,而粘土要从库区左边的山头上取,就从山头架一道铁索到大坝前的半坡。铁索上一溜六七个装土的木箱,木箱下行到半坡停住,拉动箱底的绳,土就可以倒下来。他拉了最后一箱的绳,原本这边摇旗的人一摇旗,山头那边才开绞索机,但偏偏出了差错,这边旗还未摇,那边竟开了机,木箱开始上行了,而他双手还握着绳头,众人喊:"快丢绳!"但他已不能丢，一丢落下来站不稳要滚坡的。木箱瞬间已离开坡道有几丈远了，众人又喊："不能丢手了，抓住抓住！"木箱就越来越快地向山头运行，他也只好双手抓着箱绳吊在几百米高的半空。绳是系在箱底板上，一晃一晃的，又在半空遇着风，他便不停地旋转，左旋转，右旋转，旋转得看不清人形了。整个库区都目睹了这一幕，几千人一片惊叫；有人就随着木箱在地上的影子跑。已经经过了大坝上空，经过了那段河道，开始到了对岸的山头下了，如果再有3分钟，他就可以安全到达山头，但是他终于坚持不住，掉下来了。人们哭喊着往山下跑，他窝在了石头堆里，上下身子折在一起。脑袋压缩进了肩里，死了。他是水库上死亡的第二个人。他死后，我们都怨恨老任，但也在说："他要是不死，坚持到了山那边，那他又不知该怎么吹了！"

我在水库工地时基本上是一个月回去一趟，每次回去，都要背一背篓柴的。民工灶上的烧柴是每天轮流一人到20里外的山头去砍，但差不多是每个人背了一百三四十斤的柴走到库区上游的山村里，就将一半卸下来存放在某一户人家的院里。待将剩下的柴背回交灶上了，又去山村背那一半连夜送回自己家。这种假公济私的做法谁都如此，谁也不说破。自然我也这样，但我没有那么大的力气连夜送柴回家，而是在指挥部的后檐存放得多了，一个月回家时捎带着。对于我在水库工地进入了指挥部办战报，父亲十分高兴。他让我将每一期战报带回去，他会戴了眼镜仔细地读几遍，常常就检查出了若干错别字。指挥部补贴的每月两元钱，我是极少花销的，拿回家交给父亲，父亲几乎是一半用来买了信封和纸继续投寄申诉材料，一半为家里买盐。

但是，父亲染上了喝酒的恶习。他是好客之人，以前家里的客人不断，凡是来人，必是留着吃饭，去商店里买一瓶酒，然后对母亲说："弄几个下酒的菜吧!"他只管吩咐，母亲却作难：拿什么去弄菜呢？就只好将仅有的几个鸡蛋炒了。而喝酒吃饭时，母亲就打发我们兄弟姐妹都出去，等客人走后再回来。有时母亲会在锅里给我们藏那么一碗挂面，有时只能喝点儿面汤。现在，客人是稀少了，即使是有人来，也没了面条吃、没了酒喝，父亲就会把水烟袋拿出来，用苞谷缨子搓了火绳，一遍一遍劝人吸烟。星期天里，三伯父和大堂兄要回来了，他们肯定是拿了酒来和父亲喝。安慰的话已经没有什么言辞可以说了，酒就是他们的兄弟之情、叔侄之情，一切都在酒里。这样的一个晚上，兄弟二人和大堂兄一起轮流着用一个酒盅喝，没有菜，干喝着。然后水烟袋你吸几锅了，交给他吸，他吸几锅了，再交给另一个。我从水库上若是回去，就和弟弟妹妹坐在一旁，我们是派不上喝酒的，只被他们支使着去烧水，泡一壶像棉花叶一样廉价的粗茶，或去瓮里捞一碗酸菜，切一碟青辣丝儿。

母亲也坐在一旁给我们纳鞋底，绳子拉得"哧哧"响，父亲就不耐烦了，指责着拉绳子声烦人。母亲是好脾气，就不纳鞋底了，坐在一边不吭声。酒都是一元钱左右的劣质酒，容易上头,常常是父亲先醉,一醉就给我们讲他的冤枉,他说的最多的一句话是:"我一生没有害人呀,怎么会有这下场?!"他一说这话,我就心酸,说:"不喝了不喝了,酒有啥喝的,又辣口又烧心!"父亲就瞪我,骂道:"这里轮不到你说的!"就又对母亲说:"让你弄个热菜,你也不弄,不是还有鸡蛋吗?"母亲说:"哪里还有鸡蛋,你不知道昨日集上我卖了吗?"父亲不信她的,对我说:"你妈抠得很,她舍不得给我们吃,你去柜里看看,还有没有鸡蛋?"我起身去堂屋开柜,母亲给我挤眼,我明白母亲的意思,开了柜,果然发现那里还有四五个鸡蛋,偏也说:"没有,鸡蛋皮儿也没有!"父亲便说:"真没有了?那咱再喝吧。"他须要把三伯父带来的酒喝完不可,最后就醉得一塌糊涂。

故事外的故事(三)

父亲越是爱喝酒,三伯父和大堂兄就想方设法给他买酒;越是有了酒,父亲就越喝上了瘾。他的酒量却越来越小了,喝到三两就醉了。我和母亲曾劝三伯父和大堂兄不要再给父亲拿酒了,三伯父说:"他心里不好受,就让他喝喝,喝醉了他就啥也不想了。"后来听弟弟说,寄出去的申诉信亦无音讯,父亲有些失望,我拿回去的两元钱,常常说好去买信封信纸的,买回来的却是一瓶酒。我只好叮咛弟弟,劝酒是劝不住了,让他在父亲喝酒时多守在一边以防醉了栽在什么地方起不来。

有一天,淅淅沥沥下着雨,弟弟突然来到了工地,说父母让我回去一趟。我不知家里出了什么事，问弟弟，他又不说，擦黑到家，原来是生产队的一头老牛犁地时从坡上滚下去死了，各家分了些牛肉，父母让我回来吃一顿萝卜丝炒牛肉片。父母的心意我是领了，但我却生了一肚子气，觉得实在划不来。想想那次工地上吃猪肉饺子，原准备留一些送回家的，可留下那么一碗，又忍不住全吃了，这时候便后悔自己没孝心。到了"十一"国庆节，工地灶上又改善伙食吃了一次肉，这一次肉是集体做的，肉片切得一样薄厚大小，并有人专门清点了肉片的数量，吃时每人5片。我终于控制了自己的馋欲，吃了2片。将剩下的3片用树叶包了送回了家。送回家，母亲却告诉了我一宗大事，这便是提说了我平生关于第一次婚姻的事。母亲说，她托人给女方的娘说话去了，就是从陈家沟搬住到中街的那户干部的女儿，有文化，人才又稀，如果事情能行，也真是一门不错的婚姻。母亲说这话的时候，脸上笑了一下，温柔又苦涩，好像很对不起她的儿子。我那时不足18岁，却也是村里很少的几个没订婚的人。母亲的话我并不在意，我自信我不会成为光棍儿的，而且会娶下世上顶漂亮的女子。第二日一早，我要往工地去，母亲硬是不让走。一定得等媒人回了话再走，我就去泉里担水。清早的村路上便遇见了一位女子，高挑个儿，大脸大眼，蛮是漂亮，正背了一背篓锅盆碗盏；我以前似乎知道她就是陈家沟那个干部的女儿，见又背了灶具，像是在搬家，就意识到母亲提说的那个女子该是她了。但她漂亮，我不敢多看她，她原本要寻着地塄放下背篓歇歇的，抬头

237

看了看我，脸色粉红地又走了。我想如果真是她，漂亮是漂亮，可心里已被叫我叔的那一位塞得满满的，哪里有位置放她进来呢？吃早饭的时候，媒人来到我家，见我也在，却并没有说什么，使眼色将母亲叫到了院门外，两个人就站在厕所边的短墙下叽叽咕咕说话，然后就走了。母亲回来，脸色铁青，说："还不愿意哩，离了你，我娃就娶不下人啦？！"我说："这事以后你不要管！——她怎么说的？"母亲说："她妈说了，她女儿年龄还小，将来还要上大学呀，现在不谈这事。这是巧说哩，嫌咱家不好……"被人突然拒绝，又说这样伤人的话，我就有些受不了了，怨怪不让母亲管，偏要管，这不管出一肚子气来？！我说："她是不是想招个女婿进门呀？我可不干那事！"她家是一堆女娃，没个男娃的。母亲一听，也有个台阶下了，立即说："倒插门咱不干，她就是同意我娃也不去的！"我重返了工地，继续恋我该恋的人了。半路上有一棵柿树，叶子已经落了，但遗下来的几颗柿子红得像小灯笼一样还在树顶，我爬上树好不容易摘下来，没有吃，放在背篓里要带给她，但在她的宿舍里取给她时，柿子却被一路摇晃破了。

工地上的文艺演出隔三岔五地就举办一次，演员来自各民工连，都是些人尖子，她当然在其中。演出没能力排大戏，节目大致是些小演唱和样板戏的片段，别人一晚上或许出场一次两次，她是七八个节目里都有的。她一出场，我的眼睛就盯着她转，平日见面，我倒不敢死眼儿看她，现在她全在我的眼里。演完戏后，幕布道具和锣鼓家伙得放到指挥部办公室的。

她来了，我就对她说："你瞧瞧我这眼里有个什么？"她俯过身来看，以为我眼里落了什么东西，说："没啥吗。"我说："你再看看有没有个人？"她看到的肯定是她自己，一个小小的人。她脸红了一下，给我眼里猛吹一口气，说："我把你叫叔哩！"

她这样对我说令我高兴，等她走了，我却想：她说这话是什么意思呢？是她并没有想到我在爱她？还是知道了我在爱她而婉转地拒绝我？但若是要拒绝我，那俯过身的姿势，那眼角眉梢上的神情，那吹气的肥鼓鼓的嘴，并不是拒绝的意思呀！我难以入睡，浑身火烧火燎的，我不能影响了我同铺的人，也不能让同铺的人看出了破绽，就独自去了月色明亮的河滩；在哗哗哗地流水声中忆想着她的每一个细微的动作，嘴里轻唤着她的名字，而身体也发生着异样的变化。我决定明日一定去见她，说破我的心思；我甚至已想好了对她要说的内容，一环套一环，逻辑是那么严谨，言辞是那么华丽，我为我的天才都感动得双眼湿润了。可第二天见着她了，我却口笨不堪，说我是去工地寻找曹爷呀，没想到碰上你啦！就询问几时还演出呀，文艺队谁演得好，谁又不行；再就是说天气，说今年的雨水收成，都是些淡而无味的话题。我就是这么孱弱，话头绕来绕去，眼看着要绕到正题上了，又滑向了一边，像可怜的阿Q，圆圈的两个线头总对不到一块。我不敢吗！我一是说不出那火辣辣的话来，二是担心说出来了她变了脸骂我流氓怎么办？即使不骂我，好言好语地拒绝了我又怎么办？我常常想，她只要能主动一分，我就会主动十分，可她似乎没有那一分的主动。

我一生的胆怯也就从那时开始了，而敏感和想象力丰富也就在胆怯里一点点培养了。

故事外的故事（四）

指挥部的办公室是借来的两间民房，房主一家住在了隔壁。他们家有一个女儿，长得小巧玲珑，自几千里来到了寂寞的山沟，她见到了许多世面，自己也如一枚青柿子一样迅速地红起来，变软变甜。她学着演出队姑娘们的样儿留起了马尾巴的发型，也买了雪花膏擦脸，还将一件灰蓝布裤子一会儿宽一会儿窄地变化着。她的娘常常当着众人责骂她："叫你去地里摘豆角，三声五声你不吭，照啥镜哩？镜子里有鬼哩，摄了你的魂去！"我刻蜡版的时候，她常就坐在门前的石头上纳鞋底儿，她能纳出各种图案。我一抬头，发现她正看着我，看见我看着她了，忙将头别开，慌忙朝河滩喊她妹妹，河滩里并没有她的妹妹。房东的邻居老太太长着一口白牙，她从来不刷牙的，牙却长得瓷一样白。一日突发奇想，她对我说："你妈没给你订下媳妇了吧？"我说不急。她说，还不急呀，胡子都长出来了还不急？我摸摸嘴巴，是长了胡子，已经硬扎扎的，就拿夹子捏着拔，说："媳妇反正在丈母娘家养着的！"老太太就指着在河滩地里拔葱的女房东说："她是你丈母娘行不行？"旁边的安付就笑，似乎说了一句："这倒是个好对象哩，两个人一般高的。"其实，我比那女子高。我说快别胡说，大家就哈哈笑。女房东提着葱过来问说什么呀这般高兴的？安付说：

"平娃说你拔葱是不是包饺子呀？如果包了饺子会不会给他吃？"女人说："行呀行呀，只要平娃不嫌我家脏，就来吃嘛！"果然这一日她家包了萝卜葱花素饺，给我端了一碗。这些玩笑可能也传到了那小女子的耳里，她见我倒羞答答啦。一日，我在她家房墙上的那块黑板上写指挥部的一份通知，中午时光，太阳白花花地照着，河水哗哗响，而树上的蝉又叫个没完没了。我写着写着，觉得山墙那边有人一探一探的，一仄头，小女子露出个黄毛脑袋，见我看见，极快地跑过来，手里拿了两个蒸熟的红薯，说："给！给！"我刚接住，福印恰好从医务室那边过来，笑着说："咦，咦！"小女子满脸通红地就跑了。我吃了一个红薯，福印吃了一个红薯，我警告福印："这件事以后千万不要再说了，我没那个意思，也不要害人家。"小女子是很可爱的女孩儿，但我暗恋的有人，以后因自己心里没鬼，倒大方地去她家。而我的那个她也常去她家，我们可以随便翻她家的案板和锅台，寻找能吃的东西。小女子见我和这位叫我叔的人在一起话多，她就再没了那种羞答答看我的眼神，却仍一如既往地拿她家的东西给我吃，只是大方多了，没人时给，有人时也给。

参考文献

[1] Arnold, Mathew. On Translating Homer, in Essays—Litery and Critical[M]. Everyman's Library,1919.

[2] Barnstone, Willis. The Poems of Mao Zedong: Translations, Introduction, and Notes[M]. Berkley, CA: University of California Press,1972.

[3] Chih-tsing Hsia. A history of Modern Chinese Fiction [M]. Bloomington: Indiana University Press,1999.

[4] Cuddon, J, A. A Dictionary of Literary Terms[M]. Chatham: W&J Mackay Limited,1979.

[5] Gentzler, Edwin. Contemporary Translation Theories[M]. London: Routledge. 1993.

[6] Goldman, Merle. Literary Dissent in Communist China [M]. Cambridge, Mass. : Harvard University Press,1967.

[7] Gutt, Ernest August. Translation and Relevance: Cognition and Context[M]. Cambridge: Basil Blackwell. 1991.

[8] Hatim B & Munday. Translation: An Advanced Resource

Book[M]. London & New York: Routledge, 2004.

[9] Herdan, Innes. The Pen and the Sword: Literature and Revolution in Modern China [M]. London: Oxford University Press, 1992.

[10] Hillary Chung. In the Party Spirit: Socialist Realism and Literary Practice in the Soviet Union, East Germany and china [M]. Amsterdam: Rodopi, 1996:5.

[11] Hsia Tsi-an. The Gate of Darkness [M]. Seattle: University of Washington Press, 1968.

[12] J, C, Catford. A Linguistic Theory of Translation: An Essay Applied Linguistics[M]. Beijing: Foreign Language Teaching and Research Press. 2002. 4.

[13] Jin Di& Nida, Eugene A. On Translation [M]. Beijing: Translation and Publishing Corporation. 1984.

[14] John Berninghausen, Ted Huters, Theodore Huters. Revolutionary Literature in China: an Anthology [M]. New York: M. E. Sharpe, 1976.

[15] John King Fairbank. Modern China: A Bibliographical Guide to Chinese Works(1898-1937) [M]. Massachusetts: Harvard University Press, 1950.

[16] Kyna Ellen Rubin. Literary Problem during the War of Resistance as Viewed from Yan'an: A Study of the Literature Page of Liberation Daily- May 16, 1941 to August 31, 1942. [D]. The

University of Vermont,1977.

[17] Levevere, Andre (ed). Translation/History/Culture—A Source Book[M]. London: Routledge. 1992

[18] Liu Zhongde. Ten Lectures on Literary Translation [M]. Beijing: Translation and Publishing Corporation. 1991.

[19] Mao Tse-tune. Nineteen Poems[M]. Beijing: Foreign Languages Press,1958.

[20] Ma,Wen-Yee. Snow Glistens on the Great Wall: A New Translation of the Complete Collection of Mao Tse-Tung's Poetry [M]. Santa Barbara Press,1986.

[21] Michael Bullock, Jerome Ch'en. Mao and the Chinese Revolution[M]. London;New York: Oxford University Press. 1965.

[22] Perry Link, Maghiel van Crevel. The Poetry of Our World—An International Anthology of Contemporary Poetry, Ed Jeffery Paine [M]. New York: Harper Collins Publishers, 2000:439.

[23] Peter,Newmark. Approaches to Translation[M]. Beijing: Foreign Language Teaching and Research Press. 1983.

[24] Pickowicz, Paul. Marxist Literary Thought in China: the Influence of Chu Chiu-pai[M]. Berkeley: University of California Press,1981.

[25] Rosemary M. Canfield Reisman. Asian Poets[M]. Hackensack:Salem Press,2011:287.

[26] Savory, Theodore. The Art of Translation [M]. London: Jonathan Cape, Thirthy Bedford Square, 1957.

[27] Schwartz, Benjamin. Chinese Communism and the Rise of Mao [M]. Cambridge: Harvard University Press, 1951.

[28] Sperber, Dan and Deirdre, Wilson. Relevance: Communication and Cognition [M]. Cambridge: Blackwell, 1986/1995.

[29] Venuti, L. The Translator's Invisibility—A History of translation [M]: Lontledge: London and New York. 1995.

[30] W, Adams, Thomas. et al. Attitudes Through Idioms [M]. London: Newbury House Publishers Inc. 1984.

[31] Yi-Tsi Mei Feuerwerker. Ding Ling's Fiction: Ideology and Narrative in Modern Chinese Literature [M]. Massachusetts: Harvard University Press, 1982.

[32] Yule George. Pragmatics [M]. Beijing: Shanghai Foreign Language Education Press. 2000.

[33] 曹顺庆. 中西比较诗学 [M]. 北京:中国人民大学出版社, 2010.

[34] 曹顺庆、谭佳. 重建中国文论的又一有效途径:西方文论的中国化 [J]. 外国文学研究, 2004(5).

[35] 陈福康. 中国译学理论史稿 [M]. 上海:上海外语教育出版社, 2000.

[36] 陈玉珊. 论海外华人学者夏志清的中国小说研究 [D].

暨南大学博士论文,2006.

[37]崔艳秋.八十年代以来中国现当代小说在美国的译介与传播[D].吉林大学博士学位论文,2014.

[38]丁玲.研究延安文艺,继承延安文艺传统(代发刊词)[J].延安文艺研究·创刊号,1984(12).

[39]黄发有.跨文化认知与多元互动[J].文艺评论,2007(4).

[40]何自然、冉永平.语用学概论[M].湖南:湖南教育出版社,2002.

[41]贾平凹.我是农民[M].桂林:漓江出版社,2013.

[42]古风.中国传统文论话语的"存活"路径探析[J].中国社会科学报,2013(9).

[43]郭庆光.传播学教程[M].北京:中国人民大学出版社.1999.

[44]李欧梵.美国研究中国现代文学的现状与方法[J].河南大学学报:哲社版,1986(5).

[45]李凤亮.彼岸的现代性:美国华人批评家访谈录[M].桂林:广西师范大学出版社,2011.

[46]李建中.中国文论话语重建的可行性路径[J].文史哲,2010(1).

[47]林分份;史学想象与诗学批评——王德威的中国现代小说研究[J];当代作家评论;2005(5).

[48]吕敏宏.中国现当代小说在英语世界传播的背景、现

状及译介模式[J].小说评论,2010(5).

[49]胡燕春.中国现当代小说在美国的传播与研究[J].黑龙江社会科学,2011(5).

[50]迈克尔·戈茨著、尹慧珉(译).西方对中国现代文学研究的发展[J].中国现代文学研究丛刊,1983(1).

[51]茅盾.关于民族形式的通信[J].文学月报,1940(2).

[52]孟建钢.关于翻译二重性的最佳关联性解释[J].中国翻译,2002.4.

[53]孟建钢.关联性,翻译标准,翻译解读[J].外语与外语教学,2003.8.

[54]莫运夏.隐喻的翻译问题新议[J].社会科学家,2004.3.

[55]彭娜.关联理论翻译批评的误区——兼与王建国同志商榷[J].广东外语外贸大学学报,2003.5.

[56]钱冠联.美学语言学[M].深圳:深圳海天出版社,1993.

[57]申雨平.西方翻译理论精选[M].上海:外语教学与研究出版社,2002.

[58]束定芳.中国语用学研究论文精选[M].上海:上海外语教育出版社,2001.

[59]孙艺风.视角,阐释,文化——文学翻译与翻译理论[M].北京:清华大学出版社,2004.

[60]谭载喜.翻译学[M].武汉:湖北教育版社,2000.

[61]谭载喜.新编奈达论翻译[M].中国:中国对外翻译出版公司,1999.

[62]王斌.关联理论对翻译解释的局限性[J].中国翻译,2000.

[63]王建国.论关联理论对翻译解释的局限性[J].语言与翻译(汉文),2003.1.

[64]王松年.翻译向接受美学求助什么?[J].外语学刊,2000.4.

[65]杨肖.欧美中国现当代文学研究的历史分期[J].扬州大学学报,2011(6).

[66]杨自俭、刘学云.翻译新论[M].武汉:湖北教育出版社,1994.

[67]张春柏.直接翻译——关联翻译理论的一个重要概念[J].中国翻译,2003.7.

[68]赵学勇.延安文艺与现代中国文学[J].解放军艺术学院学报,2012(4)

[69]赵彦春.关联理论对翻译的解释力[J].广州:现代外语,1999.3.